LES CARNETS
DU MAJOR
W. MARMADUKE
THOMPSON

PIERRE DANINOS

LES CARNETS
DU MAJOR
W. MARMADUKE
THOMPSON

*DÉCOUVERTE
DE LA FRANCE
ET DES
FRANÇAIS*

Dessins de WALTER GOETZ
du " *Punch* ".

HACHETTE

Tous droits de traduction, de reproduction
et d'adaptation réservés pour tous pays.
© *Librairie Hachette 1954.*

● *Toute ressemblance de personnages dépeints dans ce livre avec des personnes existantes serait purement fortuite.*

● *Certains gentlemen, soucieux d'étiquette vestimentaire, pourront s'étonner de voir, en couverture de ce livre, le major Thompson arborer une cravate rayée sur une chemise qui l'est également. Rappelons à ce sujet que les Anglais portent des cravates rayées aux couleurs de leurs clubs ou de leurs collèges avec n'importe quel genre de chemise.* (Note du Dessinateur.)

● *Certains dessins sont reproduits avec l'aimable autorisation du* PUNCH.

LES CARNETS
DU MAJOR THOMPSON

MAY I INTRODUCE MYSELF [1] ?...

UN ANGLAIS correct — si j'ose risquer ce pléonasme sans choquer mes honorables compatriotes — ne saurait, à moins de perdre du même coup toute dignité, parler de lui-même, surtout au début d'un récit. Mais, à l'instar des astronautes, qui, à partir d'une certaine distance, échappent aux obligations de la pesanteur, je ne me sens plus soumis — dès que je suis projeté sur le Continent — aux lois de la gravité britannique. Et, puisque je dois parler d'eux-mêmes à des gens auxquels je n'ai jamais été présenté, je me trouve

1. Dès la première ligne, une discussion a opposé le Major à son collaborateur français. Celui-ci ayant voulu traduire le titre : « Puis-je me présenter ? » le Major a insisté pour obtenir une traduction plus littérale. « *M'introduire* me paraît plus exact. — On ne dirait pas cela en français, dit le Français. — Alors laissez les choses en anglais, dit le Major. Elles disent mieux ce que je veux dire. » Le traducteur, ne voulant pas compromettre, dès l'entrée en matière, l'ensemble de l'entreprise, n'a pas insisté, mais fait remarquer que tous les autres titres, de même que la majeure partie de la traduction, sont rédigés en français. *(Note du Traducteur.)*

plus libre de faire ce qui ne se fait pas, en donnant sur moi des précisions qui, de l'autre côté du Channel, paraîtraient déplacées.

Mon nom est Thompson. William Marmaduke Thompson.

Ayant eu la bonne fortune de naître Anglais, j'avance dans la vie en sandwich précédé de mes initiales et suivi de ce petit coussin où les royaux honneurs ont déposé, avec les ans, leurs alluvions : D. S. O.[1], C. S. I.[2], O. B. E.[3].

On ne saurait croire combien ces petites lettres de devant comme de derrière sont précieuses pour un Anglais : frontières inviolables de sa personne, elles le protègent tel un waterproof d'honneur, elles le mettent à l'abri, telle une housse douillette, de contacts humains trop directs. Quand un Français m'écrit une lettre adressée à « Monsieur Thompson », j'ai la sensation de prendre froid par le patronyme et d'être déshabillé en public, ce qui est déplaisant : car, enfin, c'est l'expéditeur qui commet une incorrection et c'est moi qui me sens choquant.

Je ne voudrais pas que cette remarque fût prise par les Français en mauvaise part. Si j'ose parler d'eux franchement, c'est que je les

---

1. *Distinguished Service Order*, haute distinction militaire.
2. *The Most Exalted Order of the Star of India* (compagnon).
3. *The Most Excellent Order of the British Empire* (officier).

CE QUE DIT LE « WHO'S WHO » *1*

THOMPSON, MAJOR HON. WILLIAM MARMADUKE, D.S.O. (1943), C.S.I. (1934), O.B.E. (1931). *b.* 8 oct. 1902. 4th *s.* of 4th Earl Strawforness. *Education* : Rugby ; Trinity College, Fellow of All Souls, Oxford. *Married*: 1. 1929 Penelope Ursula Hopkins († 1931) ; 2. 1932 Martine-Nicole Noblet. Entered Army 1924, served Waziristan Campaign (1924), transferred to India, Rawalpindi District (1926), 9th Lancers Mesopotamia (1928), 38th Dogras Palestine and Egypt (1931). Secretary to the Hon. the Political Resident, Persian Gulf (1931). Political Agent, Kuwait (1932). Served 2nd World War 1939-1945 with Royal Warwickshire Regt (despatches twice, D.S.O., Croix de Guerre). Retired from army 1945. Member H.M. Diplomatic Service. *Publication : The Arab of Mesopotamia ;* various communications on the South African lepidoptera. *Recreations :* big-game hunting, natural history, golf, gardening. *Clubs :* Cavalry (London), Automobile Club (Paris), Honourable Company of Edinburgh Golfers (Muirfield). *Addresses :* England : Tower Cottages, Rowlands Castle, Penddleton, Hampshire. Continent : c/o Thos Cook and Son, Paris.

MAY I INTRODUCE MYSELF ? 13

aime autant qu'ils aiment la Reine d'Angleterre : comment aimer mieux ? Depuis le jour où j'ai quitté l'armée et où, Ursula ayant passé [1], j'ai établi ma principale résidence à Paris, patrie de ma seconde épouse, j'estime être doublement privilégié : je suis un Anglais nourri à la française.

Les nombreux sports en marge desquels j'ai poursuivi mes études (sans jamais avoir l'impression de les atteindre) ne m'ont pas développé plus qu'ils ne le font de coutume avec mes concitoyens. Je suis de taille honorable, presque plus haut en couleur qu'en stature ; la légère parenthèse de mes jambes trahit le cavalier. J'ai les yeux bleus, tout ronds, qu'un état de perpétuel étonnement a fait peu à peu (surtout depuis que je suis en France) saillir de leurs orbites ; un nez qui tourne court et qu'on ne semble pas, en vérité, avoir pris le temps de terminer, deux joues rebondies aussi luisantes que des pommes du Canada et dont l'incarnat compose, avec la ligne bleue de mes temporales et la barre blanche de ma mous-

---

[1]. Traduction aussi littérale que possible de *passed away*, expression que les Anglais préfèrent à « mourir », surtout lorsqu'il s'agit d'un être cher ; Ursula était la première épouse du Major. *(Note du Traducteur.)*

tache, un vivant rappel du pavillon britannique.

Quand j'aurai ajouté que mes incisives, quelque peu proéminentes, se reposent à l'air sur ma lèvre inférieure, ce qui tend à faire croire aux gens non avertis (peu nombreux en Angleterre, où cette déformation est assez courante) que je ris sans cesse et suis plus jovial encore que ma complexion ne le laisse paraître, j'aurai honteusement abusé de ma plume pour faire mon portrait. Mais il me faut, sans plus tarder, parler du principal sujet d'étonnement de ma vie, qui est le sujet même de ces notes.

Ceci, je sais, paraîtra incroyable. Et pourtant, par saint Georges ! c'est une vérité crue : le soleil des Indes a cuivré ma peau ; j'ai, pour la sauvegarde de Sa Très Gracieuse Majesté, rôti dans les sables brûlants de Mésopotamie ; l'Intelligence (qui, en Grande-Bretagne, est plus appréciée comme Service que comme qualité) m'a fait vivre, aux fins de missions très confidentielles, dans le Bechuanaland, en Palestine, chez les Afghans.... Et pourtant — aujourd'hui je peux bien le dire — je ne me suis jamais senti aussi dépaysé qu'à trente kilomètres de Douvres, dans ce doux pays qui porte le glissant nom de France.

Que les fauves étirés de l'étendard royal me

lacèrent de leurs griffes si je mens : je me sens moins loin de Londres aux îles Caïmans [1] qu'à Angoulême, et les mœurs des guerriers maoris recèlent pour moi moins de mystère que le comportement dominical d'un bourgeois de Roubaix [2]. Tant il est vrai que, pour séparer les deux peuples les plus dissemblables du globe, le Tout-Puissant n'a jeté que quelques seaux d'eau....

En bref, à une époque où le monde semble saisi par le vertige de l'exploration et obnubilé par les hauteurs de l'Himalaya ou les profondeurs du Pacifique, il m'a paru assez urgent de découvrir la France.

P. S. — Je dois, pour ses méritoires efforts, des remerciements à mon collaborateur et ami, P.-C. Daninos, qui est si désolé de n'être pas Anglais, car c'était la seule façon pour lui d'avoir un peu d'humour alors qu'il en est réduit à traduire ma pensée. *Traduttore... traditore....* Puisse-t-il ne jamais me trahir, c'est ce que je souhaite sans trop y croire. D'abord, lorsque l'on a été ennemis hérédi-

---

1. Petites îles anglaises des Antilles.
2. Le Major avait d'abord écrit : *Calais.* Je lui ai fait remarquer que ce nom, sous une plume anglaise, était mal choisi, les six chemises de nuit des bourgeois encordés flottant, ineffaçables, dans le ciel de l'Histoire. Le Major a bien voulu en convenir. « Roubaix, tout bien pesé, me dit-il, est plus exact. » *(Note du Traducteur.)*

taires aussi longtemps, il en reste toujours quelque chose dans le subconscient (je l'ai bien vu avec son observation au sujet de Calais). Mais surtout, parlant l'anglais depuis vingt ans seulement, il croit le connaître. Il serait aussi présomptueux de ma part, sous prétexte que je fréquente les Français depuis un quart de siècle, d'affirmer que je les connais. Les seules personnes qui prétendent connaître à fond un tel pays sont celles qui, l'ayant traversé en quinze jours, ont pu le quitter avec une opinion de confection dans leur valise. Celles qui, au contraire, y demeurent, apprennent chaque jour qu'elles ne savent rien, quand ce n'est pas le contraire de ce qu'elles savaient déjà.

I

QU'EST-CE QU'UN FRANÇAIS ?

Dans le secret de son cabinet de Harley Street, un de mes amis, réputé chirurgien du cerveau, ouvrit un jour un Anglais.

Il y aperçut d'abord un cuirassé de Sa Majesté, puis un imperméable, une couronne royale, une tasse de thé, un dominion, un policeman, le règlement du Royal and Ancient Golf Club de St. Andrews, un coldstream guard, une bouteille de whisky, la Bible, l'horaire du Calais-Méditerranée, une nurse du Westminster Hospital, une balle de cricket, du brouillard, un morceau de terre sur lequel le soleil ne se couchait jamais et, tout au fond de son subconscient tapissé de séculaire gazon, un chat à neuf queues et une écolière en bas noirs.

Moins épouvanté que conscient d'avoir commis une regrettable indiscrétion, il ne fit appel ni à Scotland Yard ni à la Brigade du Vice : il referma. Et il fut obligé de convenir que tout cela faisait un réellement bon Anglais [1].

Je me suis souvent demandé ce que mon ami trouverait s'il ouvrait un Français [2].

By Jove !... Comment définir un Français ?

La rituelle définition du Français qui mange du pain, ne connaît pas la géographie et porte la Légion d'honneur n'est pas tout à fait inexacte (quoique la Légion d'honneur, lorsqu'on s'approche de très près, ne soit parfois que le Ouissam Alaouite).

Mais elle est insuffisante.

Je suis effrayé à la pensée [3] que si mon ami

---

1. Le traducteur, au risque de choquer certains puristes par des tournures de phrase peu françaises ou des anglicismes, s'est attaché, dans toute la mesure du possible, à conserver au texte du major Thompson son parfum, il allait dire son *flavour*, en s'en tenant à la traduction littérale. En l'occurrence : *a really good Englishman*. (*Note du Traducteur.*)

2. Une Sud-Africaine, ayant appris par son journal la question que se posait le Major, a écrit au *Natal Daily News* de Durban, qui a publié, le 20 janvier 1954, l'étrange récit-réponse que voici :

« Je connais le chirurgien dont il est question et puis confirmer les révélations du Major : j'étais la nurse et je vis retirer les différents objets.... Ce que le Major ne dit pas, c'est que le chirurgien était Français ; et ce qu'il ne sait pas, c'est que je tombai amoureuse de lui. Or un jour il dut être opéré lui-même du cerveau. A l'étonnement général, lorsque son crâne fut ouvert, on trouva dix-neuf ex-présidents du Conseil, trois danseuses des Folies-Bergère, une demi-boîte de camembert avancé, une ligne Maginot entièrement terminée, sans parler de plusieurs camions emplis de francs dévalués. »

3. Même remarque que précédemment : le Major écrit : « *I am alarmed by the thought....* » Tournure de phrase appartenant

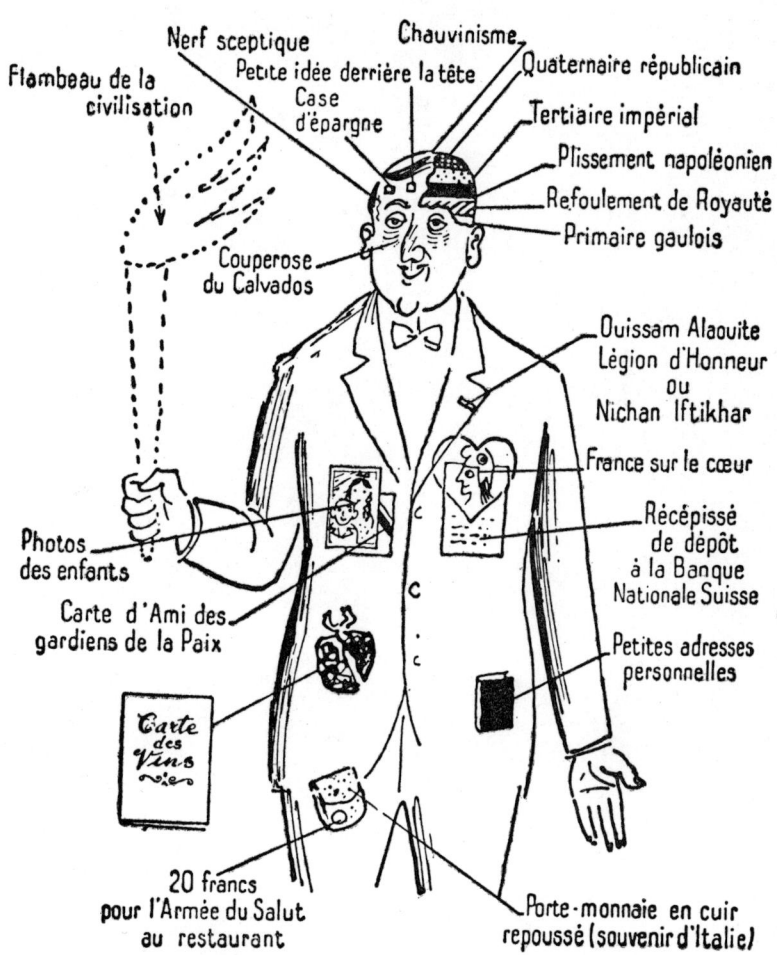

Coupe radioscopique de M. A... D..., citoyen français.

ouvrait un Français il tomberait, saisi de vertige, dans un abîme de contradictions.

Vraiment.... Comment définir ces gens qui passent leur dimanche à se proclamer républicains et leur semaine à adorer la Reine d'Angleterre, qui se disent modestes, mais parlent toujours de détenir le flambeau de la civilisation, qui font du bon sens un de leurs principaux articles d'exportation, mais en conservent si peu chez eux qu'ils renversent leurs gouvernements à peine debout, qui placent la France dans leur cœur, mais leurs fortunes à l'étranger, qui sont ennemis des Juifs en général, mais ami intime d'un Israélite en particulier, qui adorent entendre leurs chansonniers tourner en dérision les culottes de peau, mais auxquels le moindre coup de clairon donne une jambe martiale, qui détestent que l'on critique leurs travers, mais ne cessent de les dénigrer eux-mêmes, qui se disent amoureux des lignes, mais nourrissent une affectueuse inclination pour la tour Eiffel, qui admirent chez les Anglais l'ignorance du « système D », mais se croiraient ridi-

à la même espèce que le fameux *I'm afraid*... si prisé des Anglais : quand, par exemple, un Anglais sait très bien qu'il a oublié quelque chose, il dit qu'il a bien peur de croire qu'il l'a oublié. Et si une dame qui vient de voir son mari la quitter pour aller à son bureau doit répondre au téléphone pour lui, elle dira le plus souvent : « *I'm afraid he's out :* j'ai peur qu'il soit parti. » *(Note du Traducteur.)*

cules s'ils déclaraient au fisc le montant exact de leurs revenus, qui se gaussent des histoires écossaises, mais essaient volontiers d'obtenir un prix inférieur au chiffre marqué, qui s'en réfèrent complaisamment à leur Histoire, mais ne veulent surtout plus d'histoires, qui détestent franchir une frontière sans passer en fraude un petit quelque chose, mais répugnent à *n'être pas en règle*, qui tiennent avant tout à s'affirmer comme des gens « auxquels on ne la fait pas », mais s'empressent d'élire un député pourvu qu'il leur promette la lune, qui disent : « En avril, ne te découvre pas d'un fil », mais arrêtent tout chauffage le 31 mars, qui chantent la grâce de leur campagne, mais lui font les pires injures meulières, qui ont un respect marqué pour les tribunaux, mais ne s'adressent aux avocats que pour mieux savoir comment tourner la loi, enfin, qui sont sous le charme lorsqu'un de leurs grands hommes leur parle de leur *grandeur*, de leur *grande* mission civilisatrice, de leur *grand* pays, de leurs *grandes* traditions, mais dont le rêve est de se retirer, après une bonne *petite* vie, dans un *petit* coin tranquille, sur un *petit* bout de terre à eux, avec une *petite* femme qui, se contentant de *petites* robes pas chères, leur mitonnera de bons *petits* plats et saura à l'occasion recevoir gentiment les amis pour faire une *petite* belote ?

***

Ces conservateurs qui, depuis deux cents ans, ne cessent de glisser vers la gauche jusqu'à y retrouver leur droite, ces républicains qui font depuis plus d'un siècle du refoulement de royauté et apprennent à leurs enfants, avec des larmes dans la voix, l'histoire des rois qui, en mille ans, firent la France — quel damné observateur oserait les définir d'un trait, si ce n'est par la contradiction ?

Le Français ? Un être qui est avant tout le contraire de ce que vous croyez.

En admettant toutefois que je sois obligé de déterminer la marque dominante de leur caractère, je dirais sans doute : le scepticisme.

Mon vieil ami M. Taupin se dit très attaché aux institutions républicaines et pourtant, dès qu'un député termine un discours en rappelant les grands principes de 89, il sourit ironiquement. Il est clair qu'il n'y croit plus.

M. Taupin est un partisan convaincu de la paix. Pourtant, lorsque les représentants des grandes puissances se réunissent autour d'un tapis vert pour tenter de jeter, comme disent les architectes de presse, les bases d'un accord mondial et publient un communiqué qui traduit l'*identité de leurs points de vue*, il sourit encore, hoche la tête et me dit :

« Vous y croyez, vous ? Pfuitt !... Des mots !... Toujours des mots ! »

Envahi, occupé, opprimé, brimé, traînant derrière lui le spleen de 1900 et du franc-or, M. Taupin est un monsieur qui ne croit à rien, parce que, à son avis, il ne sert plus à rien de croire à quelque chose.

Il arrive aux Anglais, lorsqu'ils ont beaucoup attendu, de faire quelque chose. Comme ils pensent peu et réfléchissent encore moins, ils y croient.

Les Français ne croient pas à ce qu'ils font. Et d'abord la Chambre des députés.

On dirait qu'ils ne fabriquent des députés que pour mieux les détruire. Il suffit que je passe en autobus avec M. Taupin devant la Chambre pour qu'un sourire sarcastique éclaire son visage.

Est-il royaliste ? Non.
Bonapartiste ? Pas davantage.
Aspire-t-il à la dictature ? Il en a horreur.
So what ?...

Il est un modéré dont l'esprit révolutionnaire se limite à le faire voter radical, et, s'il est de très mauvaise humeur, radical-socialiste. Mais il vote. Il a un député. Un député qui, peut-être, au moment où l'autobus passe devant la Chambre, invoque les principes imprescriptibles de 89 et les Droits de l'Homme. Pourtant il n'y croit pas, il n'y croit plus. M. Taupin prétend qu'un homme n'est plus le même une fois qu'il s'assied là, au milieu de six cents autres. Il a peut-être raison. Il est clair, en tout cas, qu'il considère ses représentants sans bienveillance, de ce regard dont nous accablons un usurpateur qui ose arborer une cravate noire à petites rayures bleues sans avoir fréquenté Eton. A leur mine, on peut juger que ses voisins pensent comme lui. Jamais on ne pourrait croire que ce sont les passagers de l'autobus qui ont envoyé à la Chambre les gens qui y sont assis. Ils semblent vivre sur deux planètes différentes.

La conclusion est, en général, donnée par un monsieur décoré :

« Ce qu'il nous faudrait, c'est un homme à poigne, qui fasse un peu d'ordre là-dedans, un bon coup de balai ! »

On pourrait penser alors que ces gens aspirent à la dictature. Erreur. Qu'un homme à poigne se signale à l'horizon, qu'il parle de réformer les institutions parlementaires, de mettre de l'ordre, de faire régner la discipline et, pour un satisfait, voilà mille mécontents. On crie au scélérat. On stigmatise la trahison. On veut égorger la République : ils ne passeront pas. On en appelle à 89, et ce chiffre dont riait tout à l'heure M. Taupin le rend maintenant grave.

Un observateur impartial serait donc tenté de croire que ce qui tient le plus au cœur des Français c'est le suffrage universel, l'expression de la volonté du peuple, les institutions républicaines, en un mot la Chambre. Mais il suffit de passer en autobus... (*voir plus haut*).

On comprendra, dans ces conditions, que la France soit un pays difficile à gouverner, le pouvoir vous y échappant des mains à peine l'a-t-on saisi. Pourtant les étrangers ont tort de juger sévèrement les Français sur ce plan en les taxant de versatilité. C'est là, à mon point de vue, une preuve de bonne santé.

Beaucoup de pays perdent la tête parce qu'ils perdent leur gouvernement. Les Français, auxquels leurs gouvernements pourraient bien faire perdre la tête, ont l'incomparable mérite de la garder froide en cette occasion. Exemple sans doute unique dans le monde, la France possède un corps suffisamment solide pour lui permettre de vivre sans tête un mois sur quatre. Tandis qu'il est chez nous une nécessité, le gouvernement est pour la France un luxe que peuvent lui permettre de s'offrir trois, quatre ou cinq fois par an la solidité de son administration, et aussi ce fameux Bon Sens, grâce auquel cette admirable nation peut, sans perdre l'équilibre, s'engager dans les plus damnés chemins.

II

GENTIL PAYS DE LA MÉFIANCE...
ET DE LA CRÉDULITÉ

LES FRANÇAIS croient assez volontiers que l'étranger vit les yeux fixés sur la France.

C'est du moins ce que leurs journaux assurent lorsque, à la moindre crise, ils écrivent : *Chaque jour, l'étranger nous observe.*

Pour ma part, il m'est rarement arrivé de me poster au sommet des falaises de Douvres avant le début du jour pour voir, à la lorgnette, comment se lèvent[1] les Français. Je trouve cela indécent. *Well....* Il y a sans doute de damnés étrangers qui passent leur temps à ça, je suppose....

Je me demandais encore comment était

---

1. Le Major avait d'abord écrit « comment se lavent » *(how they wash).* Son collaborateur lui a fait remarquer que les Français pourraient voir là une désobligeante allusion à la récente statistique qui a révélé qu'ils employaient annuellement deux fois moins de savon de toilette que les Anglais.

« *Of course*, dit le Major, mettez « se lèvent », mais c'est encore plus *shocking !...* » *(Note du Traducteur.)*

fabriquée cette étrange espèce d'étranger curieux, lorsqu'une nuit je le vis dans un de mes très rares songes : un pied au Kremlin, l'autre dans la City, la tête britannique, l'estomac russe, le subconscient germanique, le portefeuille américain, la mémoire emplie de Waterloos et de Sedans, il guettait la douce France de son regard international, plutôt mauvais....

Les Français sont persuadés que leur pays ne veut de mal à personne. Les Anglais sont méprisants ; les Américains dominateurs ; les Allemands sadiques ; les Italiens insaisissables ; les Russes impénétrables ; les Suisses suisses. Eux, Français, sont gentils. On leur fait des misères.

Il y a deux situations pour la France :

Dominer le monde par son rayonnement (*conquêtes territoriales, développement des Arts et des Lettres*, etc.). Ce sont les grandes époques héroïques de la France rayonnante.

Ou bien être envahie, vaincue. Elle est alors foulée aux pieds, meurtrie, crucifiée. Ce sont les grandes époques héroïques de la France humiliée.

Le premier état satisfait chez le Français son orgueil et son besoin de grandeur. C'est son côté Napoléon. Il puise dans le second les forces irrésistibles du relèvement. C'est son côté Jeanne d'Arc.

Le Français imagine mal que l'on puisse — sans se méprendre — voir la France autrement qu'un rameau d'olivier en main, tendre proie à la merci de belliqueuses nations. L'observateur de bonne foi ne saurait manquer de trouver assez légitime cet état d'esprit, puisque, trois fois en moins d'un siècle, la France a subi les plus sauvages fureurs de la race teutonne ; toutefois si, prenant le recul nécessaire à un jugement impartial, il abandonne les annales des quatre-vingts dernières années — une poussière dans le sablier de l'Histoire — pour étudier celles des siècles précédents, il est bien obligé de considérer qu'un Espagnol dont la ville fut mise à sac par les armées de Napoléon peut difficilement voir la France sous l'aspect d'une innocente persécutée. L'étranger devrait pourtant comprendre que, quand l'armée française entre dans le Palatinat ou à Saragosse, elle ne le fait pas exprès [1].

Persécuté par ses ennemis qui lui font la guerre, par ses alliés qui font la paix sur son

---

[1]. A ce passage, une vive altercation s'est élevée entre le Major et son collaborateur français.

« Dois-je comprendre de la même manière, lui dit celui-ci, que si votre honorable ancêtre, le major Raikes Hodson, au nom de Sa Très Gracieuse Majesté, exécute de sa propre main les trois fils du roi des Indes et qu'il envoie celui-ci mourir en exil à Rangoon, c'est pour leur bien ?

— D'une certaine façon, définitivement : oui... », dit le Major. *(Note d'un témoin.)*

dos, par le monde entier qui lui prend ses inventions (les Français ne savent qu'inventer pour se plaindre ensuite qu'on le leur a pris), le Français se sent également persécuté par les Français : par le gouvernement qui se paie sa tête, par le fisc qui lui fait payer trop d'impôts, par son patron qui paie bon marché ses services, par les commerçants qui font fortune à ses dépens, par le voisin qui dit du mal de lui, bref, par *anybody*....

Cet état de menace où sans cesse il se croit acculé semble le mobiliser dans un état permanent de *self-defense*. C'est ce qui ressort clairement quand deux Français se demandent de leurs nouvelles. A l'étranger, on va bien, on va mal, on va. En France : « On se défend.... »

Il y a dans le « Je me défends comme je peux » du Français moyen le cas d'un perpétuel assiégé.

Qui donc investit le gentil Français ?

Un mot très bref de son vocabulaire, sur lequel mon si dévoué collaborateur et ami a bien voulu attirer mon attention, m'a livré la secrète identité des assiégeants : c'est *ils*. Et *ils* c'est tout le monde : les patrons pour les employés, les employés pour les patrons, les domestiques pour les maîtres de maison, les maîtres de maison pour les domestiques, les automobilistes pour les piétons, les piétons

GENTIL PAYS DE LA MÉFIANCE...

pour les automobilistes, et, pour les uns comme pour les autres, les grands ennemis communs : l'État, le fisc, l'étranger.

Environné d'ennemis comme l'Anglais d'eau, harcelé par d'insatiables poursuivants qui en veulent à son beau pays, à son portefeuille, à sa liberté, à ses droits, à son honneur, à sa femme, le Français, on le concevra aisément, demeure sur ses gardes.

Il est méfiant.

Puis-je même dire qu'il naît méfiant, grandit méfiant, se marie méfiant, fait carrière dans la méfiance et meurt d'autant plus méfiant qu'à l'instar de ces timides qui ont des accès d'audace, il a été à diverses reprises victime d'attaques foudroyantes de crédulité ? Je pense que je puis [1].

De quoi donc se méfie le Français ? *Yes, of what exactly ?*

De tout.

Dès qu'il s'assied dans un restaurant, lui qui vit dans le pays où l'on mange les meilleures choses du monde, M. Taupin commence

---

[1]. « *Could I ?... I think I could.* » Même observation que précédemment : la traduction littérale est parfois la seule qui conserve au texte son cachet britannique. (*Note du Traducteur.*)

par se méfier de ce qu'on va lui servir. Des huîtres, oui.

« Mais, dit-il au maître d'hôtel, sont-elles vraiment bien ? Vous me les garantissez ? »

Je n'ai encore jamais entendu un maître d'hôtel répondre :

« Non, je ne vous les garantis pas ! » En revanche, il peut arriver de l'entendre dire : « Elles sont bien.... Mais (et là il se penche en confident vers son client)... pas pour vous, monsieur Taupin... (ou monsieur Delétang-Delbet ou monsieur Dupont) », ce qui constitue, surtout si M. Taupin est accompagné, une très flatteuse consécration.

D'ailleurs, M. Taupin sait très bien que, si les huîtres sont annoncées sur la carte, c'est qu'elles sont fraîches, mais il aime qu'on le rassure, et surtout il ne veut pas être pris pour quelqu'un à qui « on tire la jambe [1] ».

M. Taupin se méfie même de l'eau : il demande de l'eau fraîche comme s'il existait des carafes d'eau chaude ou polluée. Il veut du pain frais, du vin qui ne soit pas frelaté.

« Est-ce que votre pomerol est bien ?... On peut y aller ?... Ce n'est pas de la *bibine* [2], au moins ! »

---

[1]. *You're pulling my leg!* Littéralement : « Vous tirez ma jambe. » Locution anglaise qui veut dire : « Vous voulez me faire marcher ! » *(Note du Traducteur.)*

[2]. En français dans le texte.

LA VÉRIFICATION DE L'ADDITION : « *Si M. Taupin ne trouve pas d'erreur, il semble déçu. S'il en déniche une, il est furieux....* »

Good Lord[1] ! Que serait-ce dans un pays comme le mien où se mettre à table peut être une si horrible aventure !

Ayant ainsi fait un bon (petit) repas, M. Taupin refait mentalement l'addition.

« Par principe », me dit-il, et parce qu'il ne veut pas qu'on la lui fasse *à l'esbroufe*[2]. Trop commode. S'il ne trouve pas d'erreur, il semble déçu. S'il en déniche une, il est furieux. Après quoi, il s'en va, plus méfiant que jamais, dans la rue.

Il y a quelque temps, comme je me rendais gare d'Austerlitz (il faut bien y passer) pour aller dans une petite ville du Sud-Ouest avec M. Taupin, celui-ci m'avertit qu'il ferait une courte halte dans une pharmacie pour acheter un médicament dont il avait besoin.

« *Too bad !*... Vous êtes souffrant ? demandai-je.

— Non, pas du tout, mais je me méfie de la nourriture gasconne.

— Ne pouvez-vous acheter votre médecine sur place ?

— On ne sait jamais, dans ces petites villes.... Je serai plus tranquille si je la prends à Paris. »

A ma grande surprise, notre taxi dépassa plusieurs pharmacies qui avaient tout à fait

---

1. « Bonté divine ! »
2. En français dans le texte.

l'air de pharmacies, mais en lesquelles M. Taupin ne semblait pas avoir confiance. Je compris alors le sens de cette inscription française qui m'avait toujours laissé perplexe : *En vente dans toutes les bonnes pharmacies.* Celles que je venais de voir, évidemment, c'étaient les autres.

Enfin, nous nous arrêtâmes devant la bonne. En revenant à la voiture, un petit flacon à la main, M. Taupin me dit, comme pour s'excuser :

« Je me méfie plutôt de tous ces médicaments qui ne servent strictement à rien. Mais ma femme, elle, y croit. Il n'y a que la foi qui sauve.... »

Comme nous gagnions la gare, je remarquai que M. Taupin, inquiet, jetait de temps en temps un coup d'œil sur sa montre. Il devait se méfier de « son heure », car il finit par demander au chauffeur s'il avait l'*heure exacte.* Un Anglais ou un Allemand demandent : *What time is it ?* ou *Wieviel Uhr ist es ?* et on leur donne l'heure. M. Taupin ne saurait se contenter d'une heure comme une autre. Il veut l'*heure exacte.* L'heure de l'Observatoire, de Greenwich, du Mont Palomar. En l'occurrence il parut tranquillisé par l'heure du taxi-place qui ne différait pas sensiblement de la sienne. Mais, arrivé à la gare, il fit une ultime vérification dans la cour en m'expliquant que les horloges extérieures des gares avancent toujours de trois minutes pour que les gens se pressent. M. Taupin mit donc sa montre à l'heure de la gare moins trois minutes, plus une minute d'avance pour le principe, ce qui lui fit perdre au moins soixante secondes.

Nous nous dirigeâmes ensuite vers notre train et nous installâmes à deux coins-fenêtre. Puis nous descendîmes faire quelques pas sur le quai, mais, auparavant, il marqua trois places de son chapeau, de son parapluie et de mon waterproof.

« Nous ne sommes que deux, lui fis-je observer.

— C'est plus sûr, me dit-il, les gens sont tellement sans gêne ! »

Quant au train, je pensais M. Taupin rassuré puisqu'il avait consulté l'indicateur ; pourtant, avisant un employé, il lui demanda :

« On ne change pas, n'est-ce pas, vous êtes sûr ? »

Et, se tournant vers moi :

« Avec ces indicateurs, je me méfie.... »

*
* *

Il n'y a rien de tel qu'un compartiment de train pour voir surgir la fameuse hydre des *ils*. Je le savais, mais, cette fois, je fus gâté.

Le monstre, à vrai dire, paraissait engourdi dans une somnolence générale lorsque, vers la fin de cette journée sombre et froide, la lumière électrique de notre wagon déclina.

« Ils pourraient tout de même, dit une petite septuagénaire à chaufferette, vérifier leurs wagons avant de les mettre en service ! »

Jusque-là taciturnes, plutôt méfiants et sur leur quant-à-soi, occupés à lire leur journal ou celui des autres *(Vous permettez ?... Merci bien...)*, les cinq Français du compartiment, qui n'attendaient sans doute que le signal, ou plutôt le signe *ils*, du ralliement, partirent à l'attaque. Tel un ballon de rugby, le *ils* fut aussitôt repris par une dame cossue à voilette et petit chien *(Quand je pense qu'ils me font payer un billet pour cette pauvre petite bête!)* pour être rattrapé au vol et transformé en essai par l'ailier droit, un monsieur visiblement très sûr de lui, voyageant sous la protection d'une rosette, d'une chaîne d'or et d'un triple menton, lesquels furent agités de soubresauts par son rire goguenard.

« Pensez donc !... Mais ils s'en fichent, madame ! Ils se fichent du tiers comme du quart....

— Sauf du tiers provisionnel..., intervint M. Taupin (pas mécontent du tout).

— Bien sûr !

— Pourvu qu'on paie !...
— Ils se f... du reste ! »

La mêlée était devenue générale. Un vieil instinct sportif me faisait regretter de ne pas y participer. Réduit à mon rôle d'arbitre muet, je continuai à marquer les points et les *ils*.

« Si on avait un gouvernement....
— Il y en a un, mais c'est comme s'il n'y en avait pas.
— Ce qu'il nous faudrait, c'est un gouvernement qui gouverne....
— Vous en demandez trop !
— Un homme à poigne....
— Je te balancerais tout ça ! Un bon coup de torchon !
— En attendant, ils sont là !
— Je pense bien ! Et ils y restent !
— Ils ne pensent qu'à s'en mettre plein les poches !
— L'assiette au beurre !
— Et les voyages aux frais de la princesse... vous avez vu cette soi-disant mission parlementaire en Afrique Noire ?... Pfuitt ! Qui est-ce qui paie tout ça, je vous le demande un peu ?
— C'est nous !
— C'est vous !
— C'est moi !

— Mais bien sûr ! Ah ! non, ils y vont fort ! Quelle honte ! Notre beau pays !
— Si riche !
— Et qui ne demanderait qu'à marcher !
— Ils finiront bien par le mettre à plat !
— Ils en seraient capables !
— Enfin, regardez... cette voiture, ça n'est pas une honte ? Quand je pense qu'il y a des étrangers qui voyagent ! Quelle opinion ils doivent avoir ! (Des yeux se tournèrent vers moi comme pour s'excuser.... « Que l'Angleterre nous pardonne ! »....)
— J'écrirai à la compagnie....
— Vous pouvez bien leur écrire, allez !... Ils ne la liront même pas, votre lettre ! »

Comme le contrôleur passait à cet instant, la dame au petit chien l'attaqua :

« C'est une honte, vous entendez, une honte ! Remboursez-moi mon billet !

— Si vous avez une réclamation à faire, madame, dit l'employé, il faut écrire à la S. N. C. F.

— Alors vous, vous servez à quoi ?

— Je contrôle les billets, madame.... Votre billet, s'il vous plaît ! »

Le monsieur à rosette, qui brûlait d'intervenir, se jeta dans la bagarre :

« Je vous prie d'être poli avec madame !

— Je suis poli, monsieur, et d'ailleurs je

ne vous ai rien demandé. Votre billet, s'il vous plaît !

— Eh bien, je ne le présenterai pas !

— C'est ce qu'on va voir.... Si vous voulez jouer au plus fin....

— Ça, c'est trop fort ! Vous me le paierez cher, mon ami [1].... Et d'abord (il fit sauter un porte-mine en or au bout de sa chaîne), laissez-moi relever votre numéro.... »

Le monsieur se souleva vers la tête du contrôleur tout en ajustant son lorgnon, léchant sa mine :

« ... Trois mille neuf cent quatre-vingt-sept.... Eh bien, le 3987 ne perd rien pour attendre, je vous en fiche mon billet... que voici... en attendant mieux, mon ami, beaucoup mieux ! »

Le contrôleur sourit, tranquille, et, clic-clac, poinçonna.

« Rira bien qui rira le dernier, dit la rosette....

— En attendant, présentons les billets, s'il vous plaît ! »

De mauvais gré, les voyageurs, marmonnant, s'exécutèrent. Dès que l'employé eut refermé la porte du compartiment, la dame au chien dit dans un sifflement derrière sa voilette :

---

[1]. Quand un Français dit « mon ami » à un autre Français de cette façon, c'est qu'il le considère déjà comme son ennemi. *(Note du Major.)*

« Tss.... Quel esprit ! Jamais on n'aurait vu ça avant la guerre ! Et ils sont tous comme celui-là !

— Pires, madame !

— Tout se tient, allez ! »

Quelques instants plus tard, comme je prenais l'air dans le couloir, j'entendis le contrôleur confier à son collègue qui venait de le rejoindre :

« Je ne sais pas ce qu'ils ont aujourd'hui, mais ils ne sont pas à prendre avec le poinçon.... Méfie-toi.... »

***

Des contrôleurs qui se méfiaient des voyageurs, des voyageurs qui se méfiaient des contrôleurs, qui donc, dans ce train de France, train de la méfiance, était le plus méfiant ?

Je me le demandais encore lorsque nous arrivâmes à destination.

Dois-je dire que M. Taupin se montra assez méfiant, une fois descendu à l'hôtel, notamment pour le lit qu'il tâta, les draps qu'il palpa, l'armoire qu'il ausculta ? Je ne crois pas que cette méfiance lui soit particulière. Il est ainsi des millions de Français qui se méfient des hôteliers, des additions, des huîtres, des femmes qui les mènent par le bout du nez, des militaires qui les font marcher en avant, des politiciens qui les font marcher en arrière, des antimilitaristes qui vendraient la France au monde, des instituteurs qui *bourrent le crâne* [1] de leurs enfants, de leurs ennemis, de leurs amis, et, secrètement, d'eux-mêmes.

1. En français dans le texte.

III

LE ROYAUME DE LA SUBDIVISION

Les livres de géographie et les dictionnaires disent : « La Grande-Bretagne compte 49 millions d'âmes », ou bien : « Les États-Unis d'Amérique totalisent 160 millions d'habitants. »

... Mais ils devraient dire : « La France est divisée en 43 millions de Français. »

La France est le seul pays du monde où, si vous ajoutez dix citoyens à dix autres, vous ne faites pas une addition, mais vingt divisions. Ce serait l'affaire d'un Freud bien plus que celle d'un major britannique que de montrer pourquoi ces guillotineurs de rois, éternellement partagés, rêvent de Buckingham Palace et d'union nationale, cette chimère inaccessible, dépeinte à longueur d'année comme la panacée seule propre à panser toutes les plaies des Français déchirés. Il faut au moins une guerre pour appliquer cette prescription, qui porte alors le nom d'Union sacrée. Les Français forment alors cent cinquante divisions, dont nous ne saurions vraiment nous plaindre puisque, ne pouvant se battre entre elles, elles combattent l'ennemi commun et nous permettent, suivant nos traditions, de *wait* encore un peu plus et de *see* davantage....

Aussitôt la paix revenue, la France reprend le combat. A l'ombre de ses frontons qui prônent l'Égalité et la Fraternité, elle s'adonne en toute liberté à l'un de ses sports favoris, peut-être le plus populaire avec le cyclisme : la lutte de classes. Ne voulant pas concurrencer les experts, je leur laisserai le soin d'exposer l'évolution de ce sport à travers les âges, ses règles, ses tendances. Une chose, cependant, m'a frappé :

— Le piéton américain qui voit passer un milliardaire dans une Cadillac rêve secrètement du jour où il pourra monter dans la sienne.

— Le piéton français qui voit passer un milliardaire dans une Cadillac rêve secrètement du jour où il pourra le faire descendre de voiture pour qu'il marche comme les *autres* [1] et [2].

---

1. En français dans le texte. *(Note du Traducteur.)*
Une des expressions favorites des Français avec le *Faites comme tout le monde...* (généralement suivi de : *attendez !*)
A force d'entendre dire « Faites comme tout le monde », on pourrait croire qu'en France tout le monde fait comme tout le monde. Mais il n'y a pas un pays au monde où tout le monde semble autant ne vouloir faire comme personne, et où les gens,

Quant à énumérer toutes les divisions qui séparent les Français, j'y renonce. Une indication seulement : quand un Français se réveille nudiste à Port-de-Bouc, on peut tenir pour certain qu'un autre Français se lève antinudiste à Malo-les-Bains. Cet antagonisme pourrait s'arrêter là. Mais non. Le nudiste fonde une association qui nomme un Président d'honneur (lui) et un Vice-Président. Celui-ci, s'étant querellé avec le précédent, fonde un Comité néo-nudiste, plus à gauche que le précédent. De son côté, l'antinudiste ayant pris la tête d'un Jury d'honneur,... etc.

Le même processus a lieu aussi bien pour la politique que pour le ski. On vient de lancer la mode des skis courts. Aussitôt, la France qui skie s'est scindée en anticourts et antilongs. Il y a dans chaque Français un « anti » qui dort, et que réveille le moindre «pro». C'est ce qui explique l'inextricable puzzle des groupes politiques français. Comment un Anglais normalement constitué, c'est-à-dire tout juste apte à différencier un conservateur d'un travailliste, pourrait-il saisir les capitales nuances qui séparent un *gauche républicain* d'un *républi-*

---

assoiffés d'égalité, soient plus férus de passe-droits : coupe-file, billets de faveur, etc. *(Note du Major.)*

2. On remarquera avec quelle prudence le Major évite de parler du piéton anglais qui est, sans doute, beaucoup trop correct pour rêver dans la rue. *(Note du Traducteur.)*

cain de gauche, ou un député d'*Union républicaine et d'action sociale* d'un député d'*Action républicaine et sociale* ? Réellement, je ne puis [1].

**

Incapable d'examiner les cent mille divisions des Français (dont on sait pourtant qu'ils ont horreur de couper les cheveux en quatre), je me contenterai d'étudier celle qui partage la France de chaque jour en deux camps : les fonctionnaires, qui assurent passer toujours après les autres et être traités *par-dessous la jambe*[2]; les non-fonctionnaires, qui prétendent que tout le mal vient des fonctionnaires.

Le résultat, c'est que tous les jours, sauf le dimanche — jour de trêve où, du reste, les Français avouent eux-mêmes qu'ils s'ennuient —, 42 millions de citoyens sont dressés contre le 43e.

A première vue l'infériorité numérique semblerait condamner les fonctionnaires. Mais il ne faut jamais juger les choses à première vue en France. Sans cesse on perce de nouveaux mystères et l'on finit par comprendre mieux pourquoi ces gens sont incompréhensibles.

1. Traduction littérale de *Really, I can't.* (*N. D. T.*)
2. En français dans le texte.

Le citoyen qui pénètre dans un commissariat de police, une caisse de Sécurité sociale, une mairie, me fait penser à un archer prêt à partir pour la guerre de Cent Ans. Armé de mauvaise humeur et pourvu de sarcasmes, il est d'avance certain qu'il n'obtiendra pas gain de cause, qu'il va être promené du bureau 223 de l'entresol au guichet B du troisième étage, du troisième étage au commissariat de police, du commissariat à la préfecture, jusqu'à ce qu'il apprenne qu'un nouveau règlement le dispense du certificat demandé pour en exiger un autre, qui est le même que le précédent, mais nécessite des formalités différentes.

En face de cet assaillant, auquel le vocabulaire administratif, comme pour l'indisposer d'avance, donne le nom de *postulant*[1], se trouve l'employé fonctionnaire, souvent couvert d'une housse blafarde et de vêtements qu'*il met pour les finir*[1].

Contre le mur de son indifférence *(J'en vois d'autres.... Si vous croyez être le seul !... Ce n'est pas moi qui fais les règlements....)* viennent s'émousser une à une les flèches des attaquants les plus belliqueux, voire les plus décorés *(Vous aurez de mes nouvelles, mon ami*[1]*.... J'ai le bras long !).* A cet instant le monsieur

---

1. En français dans le texte.

au bras long sort de son portefeuille une carte barrée d'un trait rouge que personne n'a le temps de voir, mais qui produit son effet sur le public. Il semble que le bras long du monsieur, passant par-dessus la petite tête du fonctionnaire, perce les murs, traverse la Seine et entre chez le ministre, qui révoque le fautif.

A l'abri derrière son guichet, le fonctionnaire reste froid : il possède sur l'assiégeant la confortable supériorité des gens assis à la terrasse des cafés sur ceux qui passent. Et il a l'avantage du terrain. Il se sent même d'autant plus chez lui qu'il a sous la main une petite boîte ou un petit panier (les femmes surtout) où il range ses petites affaires : ciseaux, tricot, gâteau, berlingots, parfois même le petit timbre qui manquait et que l'on avait cherché par mégarde à sa place.

Est-ce parce que mes lettres sont souvent destinées à de lointains pays ? Leur poids est tel que l'affranchissement ne fait jamais un compte rond : la demoiselle m'annonce que j'ai à payer 93 francs, 112, ou 187 et, si elle trouve assez facilement le premier timbre de 50 francs et le second de 30, elle doit parfois chercher le complément dans la « chemise » d'un collègue — à moins qu'elle ne le découvre dans sa fameuse petite boîte. (J'ai noté que les demoiselles des postes ont une prédilection

« *Vous aurez de mes nouvelles, mon ami.... J'ai le bras long!* »

pour les vieilles boîtes à cigares. *Good heavens*[1]!... Quel damné chemin peut bien suivre une boîte de cabanas avant de terminer sa carrière comme nécessaire à ouvrage sur la table d'une auxiliaire des P. T. T. ?)

**

Il arrive que les combattants soient séparés par une plaque de verre percée, à certaine hauteur, d'une dizaine de petits trous. Je croyais d'abord que ces trous étaient destinés à laisser passer les projectiles auditifs. Mais non. Ils sont disposés de telle sorte que jamais la bouche de l'employé et celle du postillonnant postulant ne se trouvent en même temps à leur hauteur. Les opposants en sont réduits à crier plus fort. Il arrive aussi qu'une petite ouverture soit ménagée à la base de la plaque de verre, au niveau de la tête du préposé. L'assaillant doit alors courber la sienne dans un mouvement qui le place déjà en état d'infériorité.

A travers ces fentes, ces trous, ces guichets, le Français consacre une précieuse part de son existence à prouver qu'il existe, qu'il habite bien là où il habite, et que ses enfants, n'étant pas décédés, sont en vie.

1. « Juste ciel ! »

On pourrait croire qu'un Français, n'étant pas mort, vit. C'est une erreur. Aux yeux de l'Administration, il ne vit pas. Il lui faut d'abord un acte de naissance, ensuite un certificat de vie, quelquefois les deux. (Il est vrai que depuis peu le certificat de vie a été remplacé par une attestation de non-décès. Les Français aiment décidément jouer sur les mots, même quand il s'agit de mots avec lesquels il ne faut pas jouer.)

Ayant prouvé noir sur blanc, si l'on peut s'exprimer de façon aussi funèbre, qu'il est en vie, le Français doit prouver bien davantage si, voulant aller en Italie, il désire un passeport. Aussi étrange que cela paraisse, le voyage d'un Français en Italie commence chez sa concierge, qui a qualité pour lui délivrer sur l'heure — ou plus tard suivant son humeur — le « certificat de domicile » dont il a besoin. Un Français majeur ne saurait en effet certifier lui-même qu'il habite là où il demeure. Il lui faut, pour ce faire, le sceau de sa concierge, ce petit doigt de Scotland Yard. Il aura ensuite tout loisir d'exhumer de vieux souvenirs en cherchant son livret militaire, qui n'est généralement plus à la place où il l'avait laissé dix ans plus tôt.

Il y a quelque temps, je rencontrai M. Taupin comme il se rendait au commissariat de

LE ROYAUME DE LA SUBDIVISION

police. Il avait besoin d'une nouvelle carte d'identité. Un observateur naïf penserait que M. Taupin, honorablement connu dans son quartier depuis trente-cinq ans, n'a pas besoin de quelqu'un d'autre pour affirmer qu'il est bien M. Taupin. Erreur. M. Taupin, pour dire qu'il l'est, doit se munir de deux témoins. On suppose que ces deux témoins doivent le connaître de longue date. Nouvelle erreur. Les témoins chargés de dire qu'ils le connaissent ne le connaissent absolument pas, mais sont connus du commissaire. Il s'agit en général du *bistrot*[1] et de l'épicier qui se font avec le commerce quotidien des témoignages de *gentils petits à-côtés*[2].

C'est l'aspect *bonne franquette*[1] de ce doux pays où un sourire fait mollir le gendarme, où la loi présente toujours un petit point faible par lequel elle se laisse prendre, et où la stricte application du règlement est considérée comme une sanction : ce qui importe avant tout, c'est la forme. Je l'ai compris à la minute même de mon arrivée en France, à Calais, en

---

[1]. En français dans le texte.
[2]. Une dispute dont on percevait les signes précurseurs a éclaté à cet instant entre le Major et son collaborateur français, celui-ci lui ayant fait observer que la lenteur des services publics britanniques était proverbiale, et l'indifférence des fonctionnaires au moins égale à celle de leurs collègues français. « Lenteur, j'admets, dit le Major. *But not indifference*, dites plutôt flegme, *you know....* » *(Note d'un témoin.)*

entendant un douanier désabusé dire avec un savoureux accent auvergnat à un voyageur qui avait commis deux infractions :

« Chi cha continue, vous jallez m'obliger à appliquer le Règlement.... »

IV

LE PAYS DU SHAKE-HAND

Pour les Français — et pour beaucoup d'autres peuples — le pays du shake-hand, c'est l'Angleterre[1].

M. Taupin, qui tient toujours, malgré ce que je lui ai dit maintes fois, à me mettre dans les courants d'air, se croit également obligé de me serrer la main avec une force redoublée parce que je suis Anglais, Anglais du pays du shake-hand.

En vérité, si le vigoureux shake-and anglais est une image chère aux romans policiers français qui se déroulent en Angleterre pour faire plus vrai, le pays de la poignée de main, c'est la France.

Il s'est passé un peu avec le shake-hand ce qui est arrivé avec la table : les Anglais ont

---

1. *Shake-hand* étant un terme américain, l'Angleterre ne saurait être que le pays du *hand-shake*, ce qui serait aussi faux. *(Note du Major.)*

appris au monde la façon de se tenir correctement à table. Mais ce sont les Français qui mangent. Les Anglo-Saxons ont, de même, trouvé un nom très évocateur pour la poignée de main. Mais ce sont les Français qui se la serrent. Ce genre de contact plutôt barbare est, chez nous, réduit au minimum. Une fois que nous avons donné la main à quelqu'un, il n'a plus rien à attendre de ce côté pour le reste de la vie.

Un statisticien dont les calculs m'inspirent la plus grande confiance, car il n'appartient à aucun institut de statistique et sait limiter sagement ses incursions aux environs de certains chiffres sans s'attaquer aux chiffres eux-mêmes, a calculé qu'un Français de moyenne importance, tel que M. Taupin ou M. Charnelet, passe (environ) trente minutes par jour, soit plus d'une année d'une vie de soixante ans, à serrer des mains à neuf heures, à midi, à deux heures, à six heures. Cela, bien entendu, sans parler des mains des gens qu'il ne connaît pas, des visiteurs, des parents, des amis, ce qui sans doute porterait le total annuel à trois semaines de poignées de main et, pour la vie, à trois années. Si l'on considère que ce travailleur du poignet passe (environ) trois heures par jour à table et huit au lit, on arrive à conclure que le Français ne vit dans le sens anglais, c'est-à-dire correct, du mot, que trente ans sur soixante, ce qui est insuffisant [1].

* *

Pour en revenir à la poignée de main, qui est chez nous à peu près standardisée depuis mille ans, elle possède chez les Français de nombreuses nuances : elle peut être chaleureuse, amicale, condescendante, froide, fuyante, sèche. Il y en a qui estiment n'avoir serré une

---

[1]. Un débat des plus orageux, dont on a pu croire un moment qu'il allait mettre fin à leur association, a mis à cet instant aux prises le trop galopant Major et son collaborateur français, un peu monté.

« Votre façon de vivre, lui dit celui-ci, est simplement mortelle !

— Les Anglais, rétorqua le Major, aiment mourir en vivant ainsi....

— Pourquoi alors êtes-vous venu vivre en France ?

— Ceci, dit le Major, est une autre histoire.... Admettez en tout cas que les Anglais perdent moins de temps à table que vous....

— Ils en perdent encore trop pour ce qu'il y a dans leur assiette, estima le Français. Et d'ailleurs, c'est faux : vous prenez trois repas par jour alors que nous n'en prenons que deux, et les statistiques prouvent bien que vous absorbez plus de calories !

— Cela vient du fait, reconnu, que notre combustible est de première qualité, dit le Major.

— Et le thé ? a interrogé alors le Français.

— *What about the* thé ? s'est étonné le Major.

— Oui, avez-vous calculé qu'un Anglais qui prend son *early morning tea* à six heures du matin, son thé au *breakfast*, son thé au bureau vers onze heures (*eleven's*), son thé au déjeuner, son thé au thé, enfin son thé avant de se coucher passe (environ) quatre ans de sa vie en face d'une théière, qui n'est au fond qu'une chinoiserie ? »

Le Major, déjà très rouge, a préféré alors quitter la pièce pour éclater dans la plus stricte intimité. Il n'est revenu qu'une heure plus tard, avec son sang-froid, et après s'être vengé en allant ingurgiter une *cup* de son breuvage favori dans un *English tea-room* de la rue de Rivoli. *(Note d'un témoin.)*

main qu'après vous avoir broyé les phalanges. D'autres conservent votre main comme s'ils ne voulaient plus vous la rendre, et s'en servent pour appuyer leur raisonnement avant de tout laisser tomber. Il en est qui vous mettent votre main au chaud entre les leurs. Il y en a qui, au contraire, semblent vous glisser un pannequet[1] tout tiède et mou dans la paume, ce qui est désagréable. D'autres ne donnent que trois doigts, deux doigts, ou le bout d'un seul. N'importe : ils donnent quelque chose, on doit le prendre. Je vois souvent des Français faire des prodiges d'équilibre et d'acrobatie en plein milieu d'un boulevard sillonné de voitures pour faire passer dans la main gauche ce qu'ils ont dans la main droite et, au risque de se faire cent fois écraser, donner leur dextre à une personne qui les laissera en général indifférents, mais parfois morts.

Je regardais l'autre soir un critique dramatique terminer à la hâte l'article que son journal attendait. Des amis s'approchaient, hésitaient un instant, puis, comme pris de vertige, tombaient sur lui la main en avant. C'était plus fort qu'eux — et surtout que lui.

---

[1]. On notera que le Major, voulant sans doute aplanir le récent incident, a fait une élégante concession en employant la forme française de *pancake*. *(Note du Traducteur.)*

Les Français font des prodiges d'acrobatie pour serrer la main de personnes qui les laissent en général indifférents, mais parfois morts.

Cinq fois en cinq minutes je le vis serrer la main des gens qui lui avaient dit : « Je vous en prie... ne vous dérangez pas ! » mais l'eussent jugé *bien distant ce soir-là*[1] s'il n'avait bousculé ses feuillets et abandonné son stylo pour leur dire bonsoir. Car les Français sont sur ce chapitre d'une extrême susceptibilité. Quelqu'un notera tout de suite :

« Tiens !... Il ne m'a pas serré la main !... »

Et le voilà cherchant aussitôt dans sa vie de la veille le détail qui lui a échappé et qui a pu blesser son supérieur. Ou bien : « Il ne m'a pas serré la main comme d'habitude »..., ce qui est également grave. Mais l'offense des offenses c'est de ne pas prendre une main et de la laisser pendre. Quand un Français dit : « Je lui ai refusé la main ! » il en dit autant que nous lorsque nous déclarons : « Je l'ai coupé mort[2]. »

**

Lorsqu'un étranger vit longtemps en France, il prend vite l'habitude de serrer toutes les mains qui sont à portée de la sienne. De sorte qu'aujourd'hui, quand je retourne en

---

1. En français dans le texte.
2. Traduction littérale de « *I cut him dead !* » *(Note du Traducteur.)*

Angleterre, mon avant-bras reste machinalement tendu dans le vide. Mes compatriotes ne savent qu'en faire. *Too bad...* car, s'il est aisé de tendre une main, il est beaucoup plus gênant de la retirer quand personne n'en veut. L'autre jour, dans Grosvenor Square, un Anglais compatissant m'a pris la main, mais à la réflexion ce devait être un hasard, ou un étranger.

En vérité, le petit peu d'eau qui sépare l'Angleterre du Continent n'a pas été pour rien surnommé bras de mer ou Manche. C'est, à n'en pas douter, la frontière du bras. Huit lieues de mer, et la main que l'on tend n'est plus celle que l'on baise, et le bras qui bougeait doit demeurer tranquille. Les Anglais, dès cet âge le plus tendre où ils se montrent déjà si durs, apprennent à vivre les coudes au corps : à pied, à cheval, à table.

Regardez un Anglais manger. C'est à peine si vous voyez son bras remuer. On dirait qu'il ne mange pas (peut-on dire, d'ailleurs, qu'il mange ?) et que ses aliments sont portés au palais par l'Intelligence Service. Il y aurait un planisphère du geste à dresser. On verrait que le bras humain, immobile à Bornemouth, commence à bouger à Calais, s'agite à Paris, et tourne frénétiquement à Rome, où il devient l'hélice de la pensée.

***

Mais ce n'est pas dans la seule façon de se dire bonjour que les Français semblent si étranges à leurs voisins. La suite est aussi étonnante.

Quand un Anglais rencontre un autre Anglais, il lui dit : « Comment allez-vous ? » et il lui est répondu : « Comment allez-vous ? »

Quand un Français rencontre un Français, il lui dit : « Comment allez-vous ? » et l'autre commence à lui donner des nouvelles de sa santé.

A première vue, la méthode britannique paraît loufoque. Mais à la réflexion elle est peut-être plus rationnelle que la méthode française. En effet, dans le premier cas, personne n'écoute personne. Mais dans le second, à quelques exceptions près, le Français n'écoute pas ce qu'on lui répond. Ou il est en bonne santé, et la santé des autres lui importe peu ; ou il est grippé, et sa grippe seule est importante. *Exemple :*

« Toujours ma sciatique....

— Ah !... la sciatique ! Figurez-vous que moi, c'est le long de la jambe gauche.... En 1951 j'avais été voir un spécialiste... encore un ! Vous ne savez pas ce qu'il me dit ?... »

... Et le Français qui souffre, souffre davantage encore d'avoir à taire sa sciatique 54 pour écouter la névrite 51 de l'autre. Il en est ainsi avec les bonnes histoires, les accidents d'auto, les chutes, les affaires, de telle sorte que l'on peut dire d'une façon générale que les Français ne s'intéressent chez eux qu'à ce qui ne les intéresse pas chez les autres. Bien sûr, cet égoïsme dans la conversation ne leur est pas spécial ; on peut en dire autant des autres peuples. C'est vrai. Et c'est faux. Les Anglais s'intéressent aussi peu à leur prochain que les Français. Mais, ne posant jamais de questions personnelles sur les maux d'estomac, l'impétigo ou le foie (l'ennemi intime n° 1 des Français), ils n'ont pas à ne pas écouter la réponse.

S'étant ainsi enquis de leur santé respective, de celle de leurs proches, et des enfants *(Photos ?... Superbes !... Mais je vais vous montrer les miens...)*, les Français passent au : *Qu'est-ce que vous devenez*[1] ?

A l'encontre des Anglais, qui ne se posent jamais une question aussi angoissante, les Français veulent absolument savoir ce qu'ils deviennent. C'est-à-dire qu'en une minute il faut leur dire si l'on ne divorce pas, si l'on

---

1. En français dans le texte.

n'a pas déménagé et surtout si l'on est...
... toujours au Crédit Lyonnais...
... ou aux Assurances Réunies...
... ou à la Compagnie des Pétroles....
Comme si l'interlocuteur s'étonnait de ce que l'on vous y garde aussi longtemps.

Après cet inventaire, au cours duquel on n'a pas manqué de se lamenter sur le mauvais sort qui vous poursuit et la bonne fortune qui atteint les autres, il est d'usage de faire un rapide retour sur la santé avec un : *Enfin, vous avez la santé, c'est le principal, allez!*

La conversation continue pendant quelques instants encore pour se terminer sur le non moins traditionnel : *Il faut que je me sauve.... Allez, au revoir, allez!*

J'ai demandé à plusieurs autochtones la raison de l'emploi quasi rituel du mot « Allez ! » Personne n'a pu m'éclairer vraiment. Je pense qu'il s'agit d'une sorte de moyen de locomotion invisible sur lequel aime partir le Français en quittant un autre Français. *Really most peculiar* [1]....

Heavens! J'entends mon thé qui siffle. Doux appel auquel ne saurait résister même un très francophile Anglais. Je dois voir. Et j'en resterai là pour le moment. Cela suffit, allez....

---

1. « Réellement très bizarre. »

V

POLI OU GALANTS ?

Les écoliers français savent tous qu'à la bataille de Fontenoy le commandant des gardes françaises, M. d'Anterroches[1], s'avançant seul vers les Anglais, se découvrit et leur cria :

« Messieurs les Anglais, tirez les premiers ! »
Les écoliers anglais savent tous qu'à la

---

1. Le Major avait d'abord écrit « d'Auteroche ». Mais le vicomte J. d'Anterroches, descendant du comte d'Anterroches, capitaine aux gardes françaises et héros de la bataille de Fontenoy, lui a fait savoir qu'il n'était pas douteux, d'une part, que le fameux « Messieurs les Anglais, tirez les premiers ! » avait été prononcé par son vaillant ancêtre et non par M. d'Auteroche ; et, d'autre part, qu'au XVIIIe siècle « *le français, étant la langue communément parlée par les personnes de qualité, ne devait pas être étranger à des officiers anglais* ».

Sur le premier point, le Major donne volontiers raison au vicomte d'Anterroches, lequel s'appuie notamment sur les *Mémoires* du maréchal de Saxe qui font foi. Le Major ne disposait pour sa documentation que du *Précis du siècle de Louis XV*, de Voltaire, et des récits de deux témoins oculaires, le marquis de Valfons et le chevalier de Roburent, capitaine aux gardes françaises : or ces trois auteurs parlent de monsieur, ou du comte, d'Auteroche.

Sur le second point, le Major est plus réticent et persiste à croire que ses distingués compatriotes ne comprenaient pas plus le français en 1745 que maintenant. *(Note du Traducteur.)*

Au temps où l'on se battait correctement. — *Le « Messieurs l[...]
 je vous en prie[...]*

...lais, tirez les premiers ! » est la forme historique de l' « Après vous, français....*

bataille de Fontenoy le commandant des gardes anglaises, *Milord* Hay, s'avançant seul vers les Français, se découvrit et leur cria :

« Messieurs les Français, tirez les premiers ! »

Quant aux experts — partagés de naissance — ils ne se trouvent, bien entendu, pas d'accord, ce qui est leur métier. Pour certains, ces mots ont été prononcés à l'adresse des Français par un de leurs chefs qui, voyant surgir les Anglais d'un brouillard tout britannique, se serait écrié (avec la ponctuation) :

« Messieurs !... Les Anglais !... Tirez les premiers ! »

D'autres y voient une ruse de guerre classique à cette époque, les stratèges français estimant qu'il était préférable de laisser l'ennemi épuiser ses premières cartouches pour mieux l'attaquer ensuite.

Un grand nombre reste fidèle à la version classique de l'aimable invitation, bien française, et doublement *gallant* [1]....

Je crois toutefois équitable de rappeler brièvement le récit d'un témoin français, le marquis de Valfons, qui a écrit : « Les officiers anglais ayant fait approcher leurs hommes jusqu'à quatre-vingts pas de la ligne française s'arrêtèrent, firent vérifier l'alignement et,

---

[1]. Jeu de mots du Major, *gallant* voulant dire à la fois « courageux » et « galant ». *(Note du Traducteur.)*

mettant le chapeau à la main, saluèrent les officiers français qui, à leur tour, se découvrirent. » *(Extraordinaire, isn't'it, ce que l'on savait vivre et mourir correctement à cette époque.)* « ... Ce fut alors que Milord Hay, s'avançant seul, la canne à la main, jusqu'à trente pas de la ligne française, se découvrit de nouveau et dit au comte d'Auteroche [1] :

« Monsieur, faites tirer vos gens ! » A quoi M. d'Auteroche répondit : « Non, monsieur, nous ne commençons jamais. »

Il y eut pourtant bien quelqu'un qui commença. Sinon il n'y aurait pas eu de bataille de Fontenoy et ce serait *too bad* pour les experts. Leur honorable compagnie voudra-t-elle bien laisser un ex-major de l'armée des Indes donner son avis ? A mon sens il est possible — je ne voudrais pas faire de peine aux Français — que quelqu'un ait crié aux

---

[1]. Le Major, tenant à respecter le légitime désir du vicomte d'Anterroches, avait écrit *d'Anterroches*, mais un M. d'Auteroche, descendant du comte d'Auteroche, et montant sur ses grands chevaux, lui a fait savoir au même instant que son ancêtre se trouvait bel et bien à Fontenoy, que rien ne prouvait *a priori* qu'il n'eût pas prononcé les historiques paroles et que, du reste, le marquis de Valfons parlait du *comte d'Auteroche*.

« *Le moins que l'on puisse dire*, écrit M. d'Auteroche, *est qu'un doute subsiste quant aux droits d'auteur des mots fameux.* »

Le Major en a convenu, se promet bien de ne plus jamais mettre son nez dans ce guêpier, et, tout compte fait, se range à l'avis d'un expert français, Othon Guerlac, qui écrit dans un recueil de citations : « *La conclusion à tirer des versions divergentes au sujet de Fontenoy est que ce sont bien les Anglais qui nous ont invités à tirer les premiers.* » *(Note du Traducteur.)*

troupes de Milord Hay : « Messieurs les Anglais, tirez les premiers ! »

... Mais il est hautement improbable [1] que, dans les rangs anglais, quelqu'un ait compris. Chacun sait que, le monde entier *English speaking,* le privilège de l'Anglais est de ne comprendre aucune autre langue que la sienne. Et même s'il comprend, il ne doit en aucun cas s'abaisser à le laisser croire.

Une étude objective de la vérité conduit donc un observateur impartial à considérer qu'il s'agit là encore d'un de ces mots historiques uniquement créés à dessein de faire mieux assimiler les dates et les tableaux synoptiques aux écoliers. Les mots les plus durables étant naturellement ceux qui sont fabriqués de toutes pièces — surtout quand il s'agit d'artillerie.

En la circonstance, le mot de Fontenoy semble tout entier sorti des Forges de l'Histoire française spécialisées dans le laminage à froid des formules héroïco-galantes telles que : « *Tout est perdu fors l'honneur...* » ou : « *Madame, si c'est possible c'est fait ; impossible, cela se fera* [2]. »

Chez nous, les Aciéries Historiques de

---

1. *Highly improbable,* locution qu'affectionnent les Anglais pour dire « tout à fait impossible ». *(N. D. T.)*
2. Calonne à Marie-Antoinette.

Birmingham et Leeds, bien qu'également renommées pour le laminage à froid, se sont plutôt spécialisées dans la noble simplicité : « *L'Angleterre compte que chacun fera son devoir* » (Nelson avant Trafalgar), et le mot satirique et hautain, tel que : « *Je ne donnerais pas un damné penny pour savoir ce qu'il est advenu des cendres de Napoléon !* » (Wellington), ou : « *Ce que la France m'a le mieux appris, c'est de mieux apprécier l'Angleterre*[1] » (Johnson).

Les deux fabrications marchent toujours bon train et se concurrencent sans danger. Elles sont, en effet, destinées principalement à la consommation intérieure. Je n'ai pas trouvé trace de la version française de Fontenoy dans les livres scolaires anglais et je n'ai jamais vu une histoire de France rapporter le mot de Wellington.

*
*

Si j'ai commencé à parler de la légende de Fontenoy, c'est qu'elle symbolise à merveille, sinon l'esprit de bravoure galante des Français, du moins celui qu'ils veulent avoir. Tout le monde sait bien que l'on n'a pas le temps,

---

1. A l'évocation de ce mot, une assez vive explication a eu lieu entre le Major et son collaborateur français, qui lui dit notamment : « L'une des choses que j'apprécie le plus quand je voyage à l'étranger, c'est de penser que je vais retourner en France. » *(N. D. T.)*

dans les batailles, de prononcer de si jolies paroles. Les combattants font parler le canon. Ce sont les historiens qui font ensuite parler les combattants.

Je ne voudrais pas que l'on vît dans ces propos la moindre attaque contre les historiens. Chacun son métier. Ils font le leur à merveille. Mon collaborateur et ami, M. Daninos, qui fut un long moment, lors de la dernière guerre, attaché à mon *Royal Battalion* comme agent de liaison, me dit un jour, en pleine retraite des Flandres, combien il regrettait de se trouver au cœur de la bataille. Je crus d'abord (et j'en fus gêné) qu'il eût préféré être chez lui. Mais non. En tant qu'écrivain il ne se consolerait jamais de ne pouvoir décrire ce choc gigantesque aussi bien que ceux de ses confrères qui n'auraient pas été dans le feu du combat.

Cela semble paradoxal et pourtant c'est tout à fait vrai. Libéré des servitudes qui paralysent le combattant, telles que la peur du sous-officier ou même de l'ennemi, l'historien peut seul dominer le débat, laisser tomber les petites morts sans importance, et donner au récit le panache et le liant nécessaires.

By Jove! Voilà qu'en parlant des gens qui doivent prendre du recul pour traiter un sujet je me suis éloigné du mien. Je reviens donc à

Fontenoy. Je serais finalement tenté de croire que le « Messieurs les Anglais, tirez les premiers ! » est la forme historique de l'*Après vous, je vous en prie...* bien français.

A la vérité, on ne saurait considérer que des gens qui ne mangent pas les coudes au corps, qui gesticulent en parlant, qui parlent en mangeant, et souvent de ce qu'ils mangent, qui, loin d'attendre que les dames aient quitté la table, s'empressent dès le potage de distiller devant elles les histoires les plus gaillardes, qui se croient obligés de faire la cour à votre femme, qui jugent incorrect d'arriver à 8 h 30 quand ils sont priés à 8 h 30, qui s'embrassent en public, qui s'embrassent entre hommes, qui ne semblent jamais avoir fini de se boutonner dans les rues à Paris et tiennent des conversations aux arbres dès qu'ils vont à la campagne, qui ne songent jamais à tenir la chaise d'une femme pendant qu'elle s'assied à leur table, qui osent qualifier un monsieur d'assassin parce qu'il a tué quatre personnes alors que la police ne l'a pas encore prouvé, qui adressent la parole à des inconnus, notamment en voiture, sans y avoir été forcés par un accident, qui ne savent pas faire infuser du thé, qui ne comprennent rien au cricket, qui essaient de passer devant les autres dans une file d'attente, qui considèrent comme un exploit de prendre avec leur voiture une rue en sens interdit, qui sortent sans parapluie sous prétexte qu'il ne pleut pas, qui traitent ouvertement dans leurs journaux un de nos jeunes lords d'homosexuel quand il est si simple d'écrire qu'il a importuné des jeunes gens, qui essaient de passer par les portillons automatiques du métro pendant la fermeture, qui parlent de la maîtresse d'un monsieur avant de parler de sa femme, qui rient des pieds du Président de la République s'ils sont trop grands (voire de ceux de la Présidente), qui utilisent des cure-dents à table, ce qui pourrait passer inaperçu s'ils ne se croyaient obligés de mettre leur main gauche en paravent devant leur bouche, qui sont plus pressés de raccrocher l'appareil que de s'excuser quand ils ont obtenu un faux numéro de téléphone, enfin, qui mettent leurs habits neufs le dimanche (à l'exception, peut-être, de quelques Lyonnais et aussi de certains Bordelais de ma connaissance chez lesquels il est resté un vieux fond d'Aquitaine britannique), on ne saurait dire que ces gens soient véritablement civilisés ou même polis, du moins dans le sens anglais du mot, c'est-à-dire le bon.

Je n'en prendrai pour preuve finale que leur comportement à l'égard des femmes : quand un Anglais croise une jolie femme dans la rue, il la

Le comportement d'un piéton français et d'un piéton anglais (psychodessin du professeur Walter Gœtz).

voit sans la regarder, ne se retourne jamais et continue à la voir correctement dans son cerveau ; très souvent, quand un Français croise une jolie femme dans la rue, il regarde d'abord ses jambes pour voir si elle est aussi bien qu'elle en a l'air, se retourne pour avoir une meilleure vue de la question, et, *eventually* [1], s'aperçoit qu'il suit le même chemin qu'elle.

Polis les Français ? Plutôt *galants !* De damnés hardis *galants* [2].

***

Il faut cependant leur rendre cette justice : ce sont les champions de l'*Après vous, je n'en ferai rien* [2].

Les Français, qui, on l'a vu, consacrent une partie appréciable de leur journée à la poignée de main, passent également un temps considérable à se prier réciproquement d'entrer dans leurs maisons. Les uns prient les autres d'entrer, les autres jurent qu'ils n'en feront rien. Les premiers disent : « Moi non plus ». Et, de fil en aiguille, les Français ont passé (environ) trois siècles et demi depuis Charlemagne sur le pas de leurs portes. On est même étonné d'en trouver quelques-uns chez eux.

---

1. Non pas « éventuellement », mais dans ce cas « finalement ».
2. En français dans le texte.

Je dois le confesser : j'ai toujours trouvé étrange l'attraction exercée sur les Français par le pas des portes. Ils ont notamment, arrivés à cet endroit, une façon de se dire au revoir en ayant soin de ne pas se quitter dont on chercherait en vain l'équivalent dans le Commonwealth, et sans doute dans le reste du monde. Au moment même où ils doivent se séparer après avoir causé pendant deux heures, ils trouvent une quantité de choses capitales à se dire. C'est un peu ce qui se passe avec les femmes au téléphone : il suffit qu'elles se disent « au revoir » pour trouver soudain à parler d'une foule de choses.

J'ai été plus particulièrement frappé par cette attitude le jour où, de retour en France après une longue mission en Mésopotamie, je crus être l'objet d'une hallucination ; j'aperçus en effet mon vieil ami M. Taupin dans la position exacte où je l'avais laissé six mois auparavant : sur le seuil de sa maison, il disait toujours au revoir à M. Charnelet. La fréquentation du désert m'ayant accoutumé aux mirages, je n'en crus d'abord pas mes yeux. Discrètement, je me rapprochai. Je vis alors M. Taupin reculer de quelques pas, lever les bras en l'air et revenir d'un air menaçant sur M. Charnelet, qu'il saisit par le revers de son manteau et commença à secouer d'avant en arrière. Il était évident, pour un Anglais du moins, qu'ils allaient en venir aux mains. Mon sang de major ne fit qu'un tour. Je m'apprêtais à les séparer lorsque je les entendis éclater de rire. A ce moment, ils me reconnurent.

« Ma parole, cria M. Taupin, mais voilà notre major Thompson de retour ! Quelle surprise ! »

Je compris alors que mes yeux ne m'avaient pas trahi. M. Taupin m'invita aussitôt à entrer chez lui et M. Charnelet, lui ayant dit une nouvelle fois au revoir, nous rejoignit bientôt pour faire, réflexion faite, un *petit brin de causette* [1].

---

[1]. En français dans le texte.

VI

LE CAS DU COMTE
RENAUD DE LA CHASSELIÈRE

Les Anglais possèdent deux produits d'une exceptionnelle valeur : leurs tweeds et leurs silences. La moelleuse épaisseur des premiers n'a d'égale que la noble consistance des seconds, et je suis prêt à payer dix bouteilles de *scotch* à tout explorateur qui trouverait dans le monde une qualité de silence comparable à celle que tissent, dans un club de St. Jame's Street, une quinzaine de gentlemen plongés dans la somnolente lecture du *Times*. On entendrait le roi des pickpockets voler.

Les Français, qui affirment volontiers que le silence est d'or, devraient donc admettre sans acrimonie que l'Angleterre est un pays riche. C'est dans la conversation surtout que nos silences sont le plus remarquables. Voilà pourquoi, sans doute, les *aliens*[1] éprouvent tant de difficulté à nous entendre.

Comment diable les Anglais parviennent-ils à se taire tout en parlant ?

Par l'*and eûh*[2]....

L'*and eûh*, trame maîtresse de la conversation silencieuse, est une des plus vieilles et respectables traditions britanniques. De temps en temps, dans un salon, un Anglais parle. Il peut arriver — tout arrive — que l'on ait affaire à un bavard. En ce cas il s'arrête, constate que personne ne lui répond, si ce n'est par des grognements, et répond lui-même. Avec ce genre d'individu qui coupe ses monologues en deux, un étranger peut avoir l'impression d'un dialogue. Mais un Anglais bien élevé, c'est-à-dire tout court, s'arrête très vite de parler. Il observe alors une pause. Puis, du fond de sa gorge, monte, caverneux, le *and eûh*....

Chez d'autres peuples, le *eûh*... fait présager une suite. Chez l'Anglais, non. La suite peut venir. Généralement, elle ne vient pas. A vrai dire, on ne sait pas exactement ce

---

1. *Étrangers*, mais le terme d'étranger traduit mal la curieuse sensation d'inconfort et le véritable complexe d'infériorité que donne à son destinataire le mot *alien*. « *So you're not a British subject, you're an alien....* » Et le visiteur se sent aussitôt mal à l'aise, pas comme les autres, peut-être atteint de maladie contagieuse.... *(Note du Traducteur.)*

2. Prononcer *enn'deux*. *(Note du Major.)*

qu'elle devient. Une chose est sûre : elle sort très peu. C'est la réserve, la discrétion même.

Est-ce à dire que les Anglais ne parlent pas? Non, bien sûr, ils parlent — mais d'une façon si différente de celle des Français ! En France, où l'on brille par la parole, un homme qui se tait, socialement se tue. En Angleterre, où l'art de la conversation consiste à savoir se taire, un homme brille par son côté terne.

Prenez, par exemple, le temps.

Les Français sont peut-être des maîtres dans la conversation, mais ce sont des enfants lorsqu'il s'agit de parler du temps. C'est là une spécialité dont les Anglais sont les rois incontestés. Il faut d'ailleurs rendre cette justice aux Français qu'ils ne cherchent en aucune façon à faire concurrence à leurs voisins sur ce plan. En France, parler de la pluie et du beau temps, cela revient à avouer que l'on est incapable de parler d'autre chose. En Angleterre, c'est un devoir sacré et la marque d'une sérieuse éducation. Pour être un vraiment bon Anglais, il faut d'abord savoir parler du temps, du temps qu'il fait, du temps qu'il fit, du temps qu'il pourrait faire.... Un mot revient plus que n'importe quel autre dans la conversation, un mot-clef, un mot-roi : *weather..., rainy weather..., cloudy weather..., dreadful weather.., stormy weather..., incredible weather!* Il est probable qu'à l'origine du monde le temps fut conçu, en partie, pour permettre aux Anglais d'en parler. En vérité, il n'y a pas un seul pays où l'on en parle autant. C'est peut-être pourquoi il y fait si mauvais. L'impressionnante dépense de vocabulaire météorologique qui se fait chaque jour en Angleterre doit perturber l'atmosphère.

Mais ce n'est pas là, il s'en faut, la seule différence qui sépare les Anglais du Français dans la conversation.

En France, on exagère le moindre incident. En Angleterre, on minimise la plus grande catastrophe. Si un Français arrive à un dîner avec une heure de retard parce qu'il s'est trompé de jour, il parlera toute la soirée de son invraisemblable aventure. Si un Anglais arrive quelques minutes en retard parce que le toit de sa maison s'est effondré, il dira qu'il a été retenu par une *slight disturbance*[1].

En Angleterre, on ne laisse jamais la vérité sortir nue dans les salons (ce n'est d'ailleurs qu'un des nombreux aspects de notre hypocrisie). En France, plus on est cru, plus on est cru. En Angleterre, on se garde de faire en

---

1. « Léger contretemps. » C'est là une des mille formes que prend l'*understatement* si cher aux Britanniques. Au lendemain d'un des plus terribles bombardements nocturnes de la guerre, le major Thompson me dit avec le sourire : « *We had a bit of a picnic last night!* » *(Note du Traducteur.)*

public des allusions à la vie privée des gens : *no personal remarks*. En France, au contraire, on s'engouffre dans l'intimité du voisin avec voracité.

Je sais bien que nous ne sommes pas des tendres. Je sais que notre *historical cruelty* nous a fait commettre, surtout à la hauteur du 16ᵉ degré de latitude sud, de très vilaines choses [1]. Je sais aussi qu'en Angleterre comme ailleurs les gens sont médisants et que deux femmes ne s'entendent généralement bien que sur le dos d'une troisième.

Et pourtant je ne connais peut-être rien de plus cruel — si l'on excepte les mœurs de certaines nations du Continent encore barbares — qu'un salon français.

Je n'en apporterai ici pour preuve que l'étrange histoire du comte Renaud de la Chasselière.

*
* *

J'avais été prié à dîner chez des gens du nom de Pochet. Il y avait là une dizaine de personnes qui, d'abord, parlèrent de choses et

---

[1] Le Major a-t-il voulu faire allusion à Sainte-Hélène, aux Boers ou aux îles Fidji, tous trois situés à peu près à cette hauteur ? Il a été impossible d'obtenir de lui plus de précisions. *(Note du Traducteur.)*

d'autres. C'est-à-dire de tout. Au consommé, il fut question de cinéma. Puis nous eûmes des truites existentialistes, un poulet C. E. D., une salade aux Quatre Grands et un entremets soucoupes volantes. Avec les Français, la conversation avance à une allure vertigineuse. Ils vous font sauter de la bombe H aux ballets Roland Petit, et du Kremlin chez les Patino, avec une telle désinvolture qu'un major de l'armée des Indes éprouve plus de difficultés à les suivre qu'un tigre dans la jungle du Bengale. Et quels tireurs, *Goodness !* Même avec sa Winchester 375 Magnum, mon ami, le colonel Basil Cranborne [1], tenu pour le meilleur fusil de l'Assam, n'obtiendrait pas les mêmes résultats. Quand on est pris sous leur feu, on n'en réchappe pas.

Pour dire les choses comme elles sont, ou plutôt comme elles étaient, le siège du comte Renaud de la Chasselière commença au salon vers 22 h 30. A cet instant le comte, absent, était, à mes yeux du moins, entier. Je savais de lui qu'il occupait un poste assez important au Quai d'Orsay et qu'il avait eu pendant la guerre une brillante conduite.

A 22 h 35, un coup de semonce tiré par M. Pochet : « Vous savez qu'il n'est pas plus

---

1. V. C., O. B. E., C. S. I. ; ex-officier du 70th Burma Rifles. *(Note du Major.)*

Une séance de vivisalonsection (d'après la Leçon d'anatomie *de Rembrandt).*

comte que moi ! » fit sauter sa couronne.

A 22 h 40, il ne s'appelait plus *de la Chasselière*, nom qu'il avait, paraît-il, emprunté sans le lui rendre à un lieudit proche de sa gentilhommière de Sologne, mais simplement Renaud....

« Et encore... pas avec un *d*, précisa un des tireurs, mais non : *lt !*

— Comme les 4-chevaux ? demanda quelqu'un.

— Mais oui !

— Ça ! » fit, avec une moue, l'indiscutable baron de Leaumes.

Le comte était déjà fortement entamé lorsque, à 22 h 50, un monsieur bien informé révéla qu'en fait il n'était au *Quai* que par raccroc, n'ayant pas passé le Concours des Affaires étrangères.

A 22 h 55, une dame fit mouche par la bande en chuchotant que la comtesse *était tout ce qu'il y a de quelconque*[1]....

Ce coup feutré fut suivi presque aussitôt par le feu nourri d'un convive qui n'avait pas encore tiré et prit, si j'ose dire, le comte à revers pour dévoiler que ce père de quatre enfants n'en avait pas moins *des mœurs... enfin bref*....

Je ne sais ce qui me poussa alors... peut-être cette vieille manie anglaise de donner toujours sa chance dans un combat à l'homme qui a le dessous.... Pour combler le handicap du comte, sachant sa belle conduite pendant la guerre, je me permis de lancer, telle une bouée :

« Mais la guerre.... N'a-t-il pas fait quelque chose pendant la guerre ?...

— La guerre, comme tout le monde ! dit quelqu'un. Et après ?... »

---

1. En français dans le texte.

Des Anglais ne m'auraient pas pardonné cette maladroite initiative pour faire rebondir la conversation et je ne pus que regretter d'avoir, pour une fois, trahi ma langue maternelle : le silence.

A 23 heures exactement, le comte Renaud de la Chasselière tombait, anéanti.

Triste histoire, sans doute.

Moins triste, cependant, si l'on pense qu'à la même heure, et à un kilomètre de là, le comte Renaud de la Chasselière et quelques éminents praticiens, au cours d'une séance parallèle de vivisalonsection, amputaient le baron de Leaumes, les Pochet et quelques autres de leurs meilleurs titres — au point qu'à minuit il n'en restait plus rien.

VII

LES LOIS DE L'HOSPITALITÉ
ET DE LA GASTRONOMIE

Les Français peuvent être considérés comme les gens les plus hospitaliers du monde, pourvu que l'on ne veuille pas entrer chez eux.

Beaucoup d'étrangers, venus quelque temps en France, rêvent de vivre dans une famille française. Après maints essais infructueux, j'ai constaté que le meilleur moyen d'y arriver — à moins de s'engager comme nurse au pair, ce qui, on l'avouera, comporte quelques aléas pour un major britannique, même en kilt — est de s'établir sur place, trouver une Française qui veuille bien de vous et fonder sa famille soi-même. C'est ce que j'ai fait.

Au bout d'une heure, un Anglais dont vous venez de faire la connaissance vous invitera — si vous ne l'avez pas choqué par un excès d'intelligence ou de curiosité — à passer le week-end dans son cottage. Au bout de cinq ans, vous vous apercevrez que vous ne savez pas très bien s'il aime les femmes, les hommes ou les timbres-poste.

Au bout d'une heure, parfois avant, un Français vous a expliqué comment et pourquoi il a été amené à délaisser de temps en temps sa femme qui est, vous fait-il remarquer en passant, *très gentille, un ange* [1], *mais voilà... vous savez ce que c'est...* (comment me permettrais-je de savoir ?). Au bout de dix ans, vous constaterez que vous n'avez jamais passé une nuit sous son toit.

Lorsque je me rendis pour la première fois à Lyon, M. Taupin m'avertit :

« Attention... la société lyonnaise est très fermée.... Mais prenez patience, quand on vous connaîtra un peu, vous serez reçu partout ! »

Il s'agissait, me précisa-t-il, d'une tendance particulière aux Lyonnais. Mais on me prévint de la même façon (chaque fois en soulignant le caractère purement local de cet état d'esprit) à Bordeaux, à Lille, à Marseille et même à Mazamet. *Most important*, Mazamet. Vous pouvez bien connaître Paris, Roubaix, Toulouse et Carcassonne, vous ne connaîtrez

---

1. En français dans le texte.

M. TAUPIN : « *Vous verrez.... Une fois qu'ils vous auront adopté, ils vous recevront comme l'un des leurs....* »

pas la France si vous ignorez Brisbane-sur-Arnette, je veux dire Mazamet, capitale du mouton au pays du bas de laine. Là comme ailleurs il me fut dit, devant de nobles hôtels particuliers aux façades austères :

« Une fois qu'ils vous auront adopté, vous verrez, ils vous recevront comme l'un des leurs ! »

Encore un de ces cercles vicieux dont ce sain pays est prodigue : pour être reçu il faut être connu, et pour être connu il faut être reçu. L'essentiel avec ces sociétés très fermées, c'est de commencer à entrer. Il ne faut pas, comme disent les Limousins qui ont oublié leur clef, *rester fermé dehors* [1].

Combien de temps au juste peut durer cette période d'observation — j'allais parler d'incubation ? On ne saurait le dire avec exactitude. Certains assurent : six mois... un an. Il y a là une grande exagération. Cela peut durer une dizaine, une vingtaine d'années. Le mieux est donc de prévoir jusqu'à la seconde génération, qui commencera à être reçue, à recevoir et à devenir, elle aussi, très fermée.

---

1. Locution à rapprocher du *finissez d'entrer* également employé par les Limousins à l'adresse de quelqu'un qui s'incruste sur le pas de la porte. *(Note du Major.)*

**

Il existe, je dois le dire, une grande différence entre la province et Paris.

En province, on vous avertit tout de suite que *c'est très fermé;* on vous cite l'exemple d'un homme d'affaires d'Europe centrale qui a fait le siège de Bordeaux pendant sept ans sans pouvoir opérer une trouée ; ou le cas d'une famille d'Oran qui a attendu un demi-siècle avant de voir les portes s'ouvrir (et qui est devenue, à son tour, *très fermée*). Finalement, tout de même, vous êtes reçu.

A Paris, vous n'êtes pas reçu du tout : on vous sort.

L'effet produit par l'arrivée des Nicholson ou des Martinez sur leurs amis parisiens est *rather curious.* Je me trouvais par hasard chez les Daninos le jour où un coup de téléphone leur apprit l'imminente arrivée — je crois bien qu'ils parlèrent de *débarquement*[1] — des Svensson qui les avaient hébergés quinze jours durant à Stockholm. L'annonce d'une catastrophe n'eût pas provoqué plus d'accablement.

« Il va falloir les emmener partout ! » entendis-je.

---

1. Le Major a, hélas ! bien cru. *(Note du Traducteur.)*

... Et, devant la perspective de cette épreuve, je sentis mes hôtes terriblement tentés de ne les emmener nulle part. En fin de compte, le dîner « à la maison » ayant été reporté à une date ultérieure, les Svensson furent conviés à *prendre un verre* dans un café des Champs-Élysées pour être, après quelques jours d'atermoiements, conduits dans quelques-uns de ces sanctuaires d'art et de plaisir où les Parisiens s'aventurent rarement sans mentors étrangers.

Je dois dire, à la décharge des Français en général, et des Daninos en particulier, que l'appétit des Svensson est monumental. Je ne parle pas de la table (quoique beaucoup d'étrangers qui, chez eux, mangent trois fois rien, chez les Français, dévorent), mais des pierres.... Gunnar Svensson est un formidable avaleur de pierres. J'avais toujours eu tendance à croire que l'estomac suédois était à peu près conçu sur le même modèle que les autres. C'est une erreur. L'absorption du Sacré-Cœur, par exemple, sembla pour lui un hors-d'œuvre.

« *Nous devons maintenant*, dit-il, *voir Catacombes.* »

Si les Catacombes étaient à Florence, M. Daninos les aurait sans doute déjà visitées trois fois. Mais, habitant Paris depuis qua-

LE PAYS DU TOURISME. — « Mainte

crois qu'on est prêt à les recevoir.... »

rante ans, il ne les connaissait pas encore. (Il se rappelait seulement qu'un jour — il avait sept ans — son père lui dit : « Si tu es sage, je t'emmènerai, dimanche, aux Catacombes. » Il ne dut pas être sage, car il n'y avait jamais mis les pieds.)

Mes hôtes essayèrent bien de détourner Gunnar de son projet.

« Si nous allions plutôt prendre un verre sur la place du Tertre ? »

Mais non. Les étrangers ont quelquefois des idées fixes. Gunnar voulait ses Catacombes. Allez donc faire perdre le nord à un Suédois !

« C'est facile, lui dit son hôte, je vais vous y conduire. »

Avouer ne pas connaître les Catacombes, pour un Parisien, c'est vexant. Mais ne pas savoir même où aller les chercher, c'est épouvantable. Sous prétexte d'acheter des cigarettes, mon collaborateur et ami s'éloigna un instant, disparut, avisa un agent. « Dites-moi, pour aller aux Catacombes ? » L'agent réfléchit, hésita, sortit son mémento. Ils se seraient serré la main. Entre Français.

*
**

Quant à l'hospitalité proprement dite, je crois, tout bien pesé, qu'il est plus facile à un

Américain d'entrer dans les salons de Buckingham Palace que de déjeuner chez les Taupin. On lui dit dès son arrivée : « Il faut absolument que vous veniez déjeuner avec nous, mais si, mais si ! » Et puis les semaines passent ; il y a un imprévu, les enfants sont malades, la cuisinière a donné ses huit jours. Et, finalement, le Parisien emmène l'étranger avide de couleur locale dans un *american grill room*, où le menu n'est même pas rédigé en français comme aux U. S. A.

J'exagère, sans doute.... *Well*.... Quand on reste plus de six mois en France, je l'admets, on finit par être invité à déjeuner dans certaines familles. En ce cas, on vous avertit :

« Ce sera *à la fortune du pot*[1]. »

Cette fortune-là, d'une minceur squelettique en Angleterre, prend, en France, les formes les plus généreuses. Elle éclaire même tout le problème : car on comprend, lorsque l'on voit les Français vous recevoir à la fortune du pot en mettant les petits plats dans les grands, pourquoi cette improvisation doit être, comme celle d'un Honorable membre des Communes, préparée de longue date. Jamais une maîtresse de maison ne parviendrait chez nous à ce résultat sans un travail de plusieurs

---

1. En français dans le texte.

mois. Toute la question est donc de savoir s'il vaut mieux être invité tout de suite par des Anglais, ou attendre six mois pour être prié par des Français. Pour ma part, je penche en faveur de la seconde solution. *Good Lord!* C'est tellement bon que ce n'est plus du tout mauvais d'avoir attendu.

Il ne suffit pas que la fortune du pot français soit pantagruélique : on vous met sans cesse l'eau à la bouche avec des plats qui n'apparaissent pas sur la table. Au moment où, dégagé des obligations du savoir-vivre britannique, j'ose parler de ce que je mange et m'extasie devant un gigot de pré-salé à l'anglaise, M. Taupin s'écrie :

« Ah !... Si vous étiez venu il y a trois semaines, on vous aurait fait goûter un de ces faisans, mais un de ces faisans !...

— Plus exactement une poule faisane... tu te rappelles, Tounet [1] ? Elle était d'un dodu... oh !... et fondante... et puis, vous savez, pas trop faisandée, juste ce qu'il fallait, oh !... Major.... »

Les Français ont une telle façon gourmande d'évoquer la bonne chère qu'elle leur permet de faire entre les repas des festins de paroles. C'est un incomparable plaisir pour un étranger

---

[1]. Diminutif de Gaston employé par Mme Taupin. *(Note du Major.)*

d'en être le contemplatif convive. Sur leurs lèvres, les seuls noms de Pommard ou de Château-Margaux naissent si riches, si veloutés — comme déjà chambrés — qu'ils vous livrent d'un coup les trésors fluides de la Bourgogne et les secrets du cépage bordelais....

En l'occurrence, le faisan... pardon : la poule faisane, était là, épandant au-dessus de la table son fumet de venaison. Pourtant, c'était du gigot. Succulent, je dois dire. Seulement, avec ces gens-là, on a vite la papille étourdie...

Quand un pays possède tant de bonnes choses, il ne devrait pas exister d'époque pour chacune. Seule une mémoire d'autochtone peut permettre de savoir sur le bout de la langue ce calendrier gastronomique. Je n'ai, et n'aurai sans doute jamais, un tel privilège. Je l'ai compris dès mon premier voyage dans ce pays. Lorsque j'arrivai à Castelnaudary :

« Vous venez un peu tard pour mes petits foies frais, Major, me dit le père Piquemolles.... Mais je peux vous faire un bon petit cassoulet avec un confit d'oie que vous m'en direz des nouvelles [1].... Il se mange pas : il se tète [2] !

— Oh ! *yes*, Mister Païkmoll's... un bon petit cassoulet.... »

---

[1]. *Sic.*
[2]. *Re-sic.*

Comme j'étais descendu ensuite dans les Pyrénées :

« C'est encore un peu tôt pour la palombe, Major, me dit M. Cabrioules, mais qu'est-ce que vous diriez d'un petit cuissot d'isard ?

— Oh ! *yes*, Mister Kaybrioul's, *a little* cuissot d'isard.... »

Et partout où j'allais, partout, on ne me faisait goûter de bonnes choses que pour m'en faire regretter de meilleures. O merveilleux pays, si différent du mien où, comme l'on mange toute l'année les mêmes choses de la même façon, le regret, comme l'espoir, est déplacé.

VIII

MARTINE ET URSULA

J'AI CONNU dans ma vie un bouleversement comparable à ce que dut être pour la Terre le plissement hercynien ou l'effondrement des Colonnes d'Hercule. Le jour où Martine me dit :

« J'aime ces petits poils argentés dans ta moustache.... »

C'était le long de la Seine, par une de ces matinées ensoleillées de mars où le ciel bleu pastel de l'Ile-de-France, jouant les printemps clandestins, commence son flirt avec la pierre grise de l'Institut. Je sentis le monde basculer, le corset des convenances victoriennes craquer : je tombais *definitely* dans l'univers sentimental des Latins. Je n'étais plus l'honorable major W. M. Thompson, D. S. O., C. S. I., O. B. E. J'allais devenir le mari de Martine Noblet, *vous savez, cet Anglais incroyable avec une moustache blanche* [1]....

---

1. En français dans le texte.

Parler à un homme de détails aussi personnels que sa moustache ou le grain de beauté qu'il a sur la joue, n'est pas, outre-Manche, une chose qui se fait. (Il y a, en Angleterre, tellement de choses qui ne se font pas qu'un visiteur peu averti pourrait croire l'amour du nombre.) Il m'aura fallu venir et vivre en France pour apprendre enfin, dans le détail, ma géographie. Je veux parler de mon atlas personnel, de ces caps et de ces vallées dont Ursula se préoccupait si peu et dont Martine a fait un relevé aussi tendre qu'exact. Jamais Ursula ne m'aurait tenu un tel langage topographique ; je me souviens encore des termes qu'elle employa, dans les mêmes circonstances, comme je ne me décidais pas à parler moi-même :

« Nous deux... après tout.... Qu'est-ce que vous en pensez ?... »

C'est après de folles déclarations de ce genre que les Anglais se marient.

C'est ainsi que j'épousai Ursula.

A vrai dire, ce n'est pas tant l'amour qui nous unit, que la passion du cheval qui nous rapprocha.

La première fois que j'aperçus Ursula (il y a des femmes que l'on devrait seulement apercevoir), elle montait *Lazy Lassie* au Horse Show de Dublin. Sur ce parcours qui, avec ses

« A dire vrai, ce n'est pas tant l'amour qui nous unit, que la passion du cheval qui nous rapprocha.... »

obstacles fixes, est l'un des plus durs du monde, elle avait une façon de marcher plein train et de tourner dans un mouchoir qui tirait l'œil le moins expert. L'art consommé dont elle fit montre pour négocier l'oxer [1] était encore plus significatif. Avec sa bombe de chasse, sa veste noire très ajustée, ses culottes de peau blanche et ses bottes à revers, elle avait vraiment fière allure. La remise de la Coupe d'Or me permit de la féliciter. Elle me parla des Indes et de la façon de chasser le sanglier à la lance [2]. Nous dûmes bientôt nous séparer, mais une sympathie était née, et lorsque, quelques semaines plus tard, pendant la saison de la chasse au renard, je la retrouvai au *Quorn meet* [3], nous fûmes portés tout naturellement l'un vers l'autre. En cette fin d'automne somptueuse, la campagne et les bois du Leicestershire resplendissaient encore de leurs ors et de leurs rousseurs. Fut-ce la beauté de cette nature ou plutôt l'évocation de

---

1. *To negotiate the oxer*, « négocier l'oxer » (ou *to negotiate the hills*, « savoir prendre les côtes »), expression dont les sportsmen anglais ont toujours été friands. Certains chroniqueurs hippiques français commencent eux-mêmes à employer ce terme, quoique Napoléon n'eût pas manqué de voir là, une fois encore, la marque d'une « nature de boutiquiers ». *(Note du Major.)*
2. Le *pig-sticking* est une chasse très prisée des Anglais aux Indes.
3. Le *Quorn meet* est, avec le *Pytchley*, un des rendez-vous les plus traditionnels de la chasse au renard en Angleterre. *(Note du Major.)*

nos souvenirs hippiques ? Nous nous attardâmes et perdîmes la chasse. En traversant le petit village de Ratcliffe, nous fîmes une halte aux Marlborough Arms pour y boire un bienfaisant whisky, et même un second.... Puis nous reprîmes notre course à travers prairies et coteaux, sautant plus allégrement que jamais haies, clôtures et ruisseaux. Nous devions être à une dizaine de kilomètres de Brooksby, lorsque, pour laisser souffler nos bêtes et nous reposer nous-mêmes, nous mîmes pied à terre sous les ombrages, au bord de la River Wreak. Le tumulte d'un galop brisa un instant le silence de la campagne. A une centaine de mètres, sur un petit pont de pierre, nous vîmes passer en trombe un cavalier attardé qui nous parut être le jeune comte de Hertford. Quelques secondes plus tard, nous entendîmes l'appel lointain d'un piqueur, des aboiements de chiens.... La chasse était loin. Ce jour-là, décidément, nous n'étions pas de bons sportifs. Sans doute était-il devenu clair à nos yeux que les obstacles de Dublin et du comté de Leicester n'étaient pas les seuls que nous pussions franchir ensemble ? Nous nous assîmes au bord de l'eau. Je ne saurais décrire ici avec précision ce qui se passa, tant ce fut soudain et désordonné. Dans l'étreinte que les nobles chênes du domaine de Lord

Camrose abritèrent ce jour-là, l'amour, la chasse et le whisky avaient chacun leur part.

Pourquoi tant de femmes changent-elles dès l'instant où on les épouse ? Cette minute de passion qui devait décider de mon destin, je ne devais plus jamais la revivre. A la vérité, tout fut différent à partir du moment où Ursula m'apparut en robe de chambre. C'était sa prestance qui d'abord m'avait attiré, son allure, sa classe — toutes qualités inséparables des joutes hippiques, et qui effaçaient, en les absorbant, les traits rébarbatifs de son visage : long nez, grandes oreilles, mâchoires trop développées. Comme chez ces lads qui, à force de vivre jour et nuit dans l'ombre des chevaux, en arrivent, par un mystérieux phénomène de mimétisme, à leur ressembler, il y avait en elle du cheval. Lorsqu'elle était en tenue, son côté chanfrein passait. Dans l'intimité, la réalité m'apparut toute différente. L'amazone était partie. Il ne restait que la jument.

*
* *

J'essayai bien, les premiers temps, d'inciter Ursula à revêtir le plus souvent possible la tenue que j'aimais. Mais je ne pouvais tout de même pas lui demander de dormir avec sa bombe de chasse. Mon insistance lui parut-elle singulière ? Dès le jour où nous entrâmes dans notre demeure du Hampshire, Ursula cessa de monter (il y avait une autre raison à ce comportement, mais je ne la découvris que plus tard). Sa façon même de rire d'un bon mot, de *joker* [1] sans retenue, n'était plus la même. Le fait, sans doute, d'avoir à s'occuper d'une maison, à commander à des domestiques, la rendait tout à coup plus grave, plus guindée. Ce n'était plus l'amie de club, la camarade de compétition. C'était une maîtresse de maison, moins prompte à rire d'un bon mot qu'à relever des traces de poussière, de pieds surtout. Jamais je n'avais tant entendu parler de mes pieds.

« Faites attention à vos pieds quand vous entrez, *dear* [2].... Essuyez-vous les pieds !... Vous êtes encore passé par ici avec vos pieds, Thompson ! »

Peut-être existe-t-il des hommes qui parviennent à passer quelque part sans leurs pieds ? C'est là une chose au-dessus de mes forces. Ce qui est certain, c'est que notre drame naquit par les pieds. On cherche tou-

---

1. Le Major, estimant que « plaisanter » ne traduisait pas exactement *to joke*, a une fois de plus exigé de son collaborateur qu'il anglicise son vocabulaire. *(Note du Traducteur.)*
2. Prononcer *di-âr*. *(Note du Traducteur.)*

jours de grands motifs aux grands drames. Ils sont souvent petits, même quand ils sont très grands. A force de me parler de pieds, Ursula finit par me faire regarder les siens. Dans une botte bien faite, tous les pieds passent. Mais, dans une pantoufle, le pied d'Ursula prenait des proportions gigantesques. Détail — si je puis ainsi m'exprimer — qui m'avait d'autant moins frappé dès l'abord que l'on disait avant tout d'Ursula : « C'est une femme de tête ! » (On devrait pourtant se méfier de ces estimations : elles cachent le pire.)

***

Comment expliquer, en demeurant dans les limites de la décence, ce que fut ma vie avec Ursula ?

Peut-être justement en un seul mot : la décence. Cette athlète, ce casse-cou, cette chasseresse impénitente s'était métamorphosée en un parangon de décence.

« *Now then... don't be sloppy, dear ! Stop that nonsense !* (Allons, chéri, ne tombez pas dans la sensiblerie ! Cessez cette absurdité !) »

Toutes les Anglaises ne sont pas à l'image d'Ursula, et pourtant, expliquer Ursula c'est expliquer un peu d'Angleterre. Ce royaume aurait dû être celui de Freud : tout peut s'y expliquer par le refoulement. Dans ce pays qui, aux temps hardis d'Henry VIII ou de George IV, fut le théâtre des plus extravagantes ripailles et des plus folles orgies, l'ère victorienne mit sur pied une colossale entreprise de refoulement dont les filiales sont encore loin d'avoir cessé toute activité. Ursula était issue d'un indestructible bastion de la forteresse victorienne. Dans le manoir de Trentoran, où elle naquit, sa grand-mère Lady Plunkett maintenait avec rigidité les principes wesleyens : on ne devait jamais prononcer le mot jambes (il fallait parler d'*extremities* ou de *lower limbs*) et les pieds des pianos étaient chaussés de mousseline [1].

Ursula avait onze ans lorsqu'elle fut envoyée à Meltenham, un collège du Warwickshire où régnait la double loi du puritanisme monacal et du sport. Quand elle en sortit, six ans plus tard, elle ne savait peut-être pas exactement comment était fait un garçon, mais elle l'était devenue elle-même.

Encore une fois je veux me garder de toute généralité dangereuse, mais je crois sincèrement que, si les Anglais avaient trouvé un

---

[1]. Cet usage est aujourd'hui très peu répandu, mais on a toujours avantage outre-Manche à éviter de parler de tout ce qui se trouve entre le menton et les genoux. *(Note du Traducteur.)*

moyen de mettre des enfants au monde sans avoir affaire aux femmes, ils seraient les gens les plus heureux de la terre. Le premier soin de l'éducation britannique est de séparer les deux sexes comme s'ils ne devaient plus jamais se revoir (leurs rapports seront, il est vrai, limités au minimum). Tandis que les filles sont confiées à des institutions où l'on couvre leurs jambes de bas noirs et où elles apprennent à rougir des damnées choses de la chair, voire de la chair elle-même (à Meltenham la *rule* stigmatisant la nudité obligeait les élèves à se baigner revêtues d'une chemise de calicot), les garçons sont expédiés dans des collèges d'où ils sortent tout étonnés d'apprendre qu'à côté du cricket et du Colonial Office ils auront de temps à autre à s'occuper des femmes.

Encore est-ce peu dire qu'en Angleterre rien n'est fait pour les femmes. Tout est fait contre elles, elles d'abord. Il est normal que le principal objectif d'un petit garçon soit de devenir un homme ; mais, dans le Royaume-Uni, c'est aussi le but d'une petite fille.

« *Run like boys, girls, run!* (Courez comme des garçons, girls, courez !) », disaient les *mistresses* de Meltenham à leurs ouailles ; ce qui était une façon de sous-entendre : « Ainsi vous n'y penserez pas ! » Et Ursula courait comme un garçon ; et l'exercice éliminait, avec les toxines, toutes les mauvaises pensées qu'elle pouvait avoir. A l'heure où Martine et ses amies devenaient romantiques et rêvaient en lisant *On ne badine pas avec l'amour*, Ursula et ses camarades faisaient des prodiges à *lacrosse*[1] et chantaient : « *I'm so glad.... I'm not pretty!* (Je suis si heureuse.... Je ne suis pas jolie !) »

Les années peuvent passer, les gouvernements changer, les guerres bouleverser le monde, la *Meltenham rule* laisse sur l'âme une empreinte indélébile. La femme que j'épousai était marquée par Meltenham jusque dans sa façon de dormir. Quelque temps après l'entrée d'Ursula dans ce collège, un soir d'hiver, une surveillante, inspectant son glacial dortoir, l'avait découverte s'endormant pelotonnée sous ses draps.

« Mon enfant, lui dit-elle, est-ce là une posture décente pour dormir ? Supposez un instant que vous soyez cette nuit rappelée à Dieu : serait-ce une façon correcte de rencontrer Notre-Seigneur ? »

A partir de cette nuit, Ursula s'endormit

---

1. Le jeu de *lacrosse* (dont le nom, écrit en un seul mot, fut primitivement donné par les colons français au *baggataway* des Iroquois) est très populaire dans les écoles de filles anglaises. Ce jeu de balle se joue avec une crosse terminée en forme de raquette et munie d'un filet. *(Note du Major.)*

selon la *rule :* sur le dos, les pieds au froid, les mains jointes sur la poitrine. C'est là, j'en conviens, une attitude des plus recommandables pour les rois et les reines qui, figés dans la pierre, dorment leur dernier sommeil dans l'Abbaye de Westminster, exposés aux regards des générations. Mais, pour passer la nuit avec un homme normalement constitué, il est des dispositions plus adéquates. Je mentirais si je ne disais pas qu'Ursula essaya, sur mon invitation, d'avoir un sommeil plus conjugal et de s'endormir dans mes bras. Mais chaque fois, dans la nuit, la *Meltenham rule* revenait hanter son subconscient. Et, s'il m'arrivait de me réveiller, c'était à côté d'une statue.

Je sais.... Toutes les Anglaises ne dorment pas ainsi. Toutes les filles d'Albion n'ont pas de grands pieds et des mâchoires géantes. Il est de ravissantes Anglaises — et, quand elles sont jolies, elles le sont pour toutes celles qui ne le sont pas. Il est de volcaniques Anglaises — et, quand la flamme les anime, elles brûlent pour la Grande-Bretagne et ses dominions. Ursula, sans doute, était un cas. Et, dans le cas d'Ursula, l'amour, simplement, ne l'intéressait pas. L'orage qui avait éclaté sur les bords de la Wreak s'était à jamais éloigné. Les timides ont ainsi de ces crises foudroyantes d'audace, puis rentrent dans leur caractère.

La pratique du sport en général, et du sport de compétition en particulier, n'a jamais prédisposé aux langueurs de l'amour. Les maîtresses de Meltenham le savaient, qui obtenaient, par la pratique intensive de *lacrosse*, la ventilation des idées nocives. *Lacrosse* d'Ursula devenue femme, ce fut l'équitation. Là encore elle n'était pas à l'image de ces quelques phénomènes du jumping dont l'activité ne tempère en rien les ardeurs : le cheval la brisait. J'aurais donc pu croire, les premiers temps, en la voyant délaisser son sport favori, que le calme éveillerait en elle des instincts engourdis. Je me trompais : Meltenham était passé avant moi. Très vite, je compris le sens de cette pause et ce qu'Ursula attendait de moi. Si elle avait momentanément renoncé au cheval, ce n'était pas pour un époux : c'était pour l'Angleterre et pour les hommes. Meltenham et sa mère l'avaient préparée au mariage dans un esprit tout victorien. La veille de son départ, Lady Plunkett lui avait administré ses derniers conseils :

« *I know, my dear.... It's disgusting.... But do as I did with Edward: just close your eyes and think of England....* (Je sais, mon enfant.... Ces choses sont écœurantes.... Mais fais ce que j'ai fait avec Édouard : ferme les yeux et pense à l'Angleterre....) »

Et, comme sa mère et la mère de sa mère, Ursula avait fermé les yeux. Et elle avait pensé à l'avenir de l'Angleterre. Et l'avenir de l'Angleterre est, certes, quelque chose de sacré à quoi ses enfants doivent veiller, mais quelque chose fit aussi que cet avenir, dans l'infime mesure où il reposait sur mes très modestes moyens, ne fut pas assuré. Sans doute était-il écrit que l'avenir de la Grande-Bretagne, je l'assurerais mieux en France....

Dès qu'Ursula comprit que le Ciel ne nous accorderait pas ses faveurs, elle recommença l'entraînement. Elle le reprit même avec une ardeur qui touchait à la frénésie. Levée à cinq heures, elle passait sa journée avec les chevaux, avec les garçons d'écurie, avec l'oxer et la banquette irlandaise du terrain d'obstacles spécial que j'avais eu l'imprudence de lui faire confectionner en guise de cadeau de noces. Le soir, fourbue, elle surveillait encore le pansage, inspectait la sellerie. Quand elle rentrait, elle ôtait ses bottes, se jetait sur un sofa ou sur son lit, sombrait dans le sommeil ou reprenait sa broderie (une chasse à courre qui n'en finissait plus).

Elle ne se refusait pas à ce qu'elle considérait comme son devoir. Mais elle me donnait, à l'instant décisif, un *guilt complex:* le sentiment de culpabilité d'un écolier pris en faute au moment où il regarde le *Dictionnaire médical*.

« *You should be ashamed of yourself!* (Vous devriez avoir honte de vous-même !) Éteignez les lumières, *naughty boy!* »

Un incendie couvait-il sous cette banquise ?... Je me méfie des femmes en général et des Anglaises en particulier. Sous le masque de la froideur peuvent grouiller d'inavouables tendances.... Certain dimanche je surpris Ursula plongée dans les *News of the World*, se délectant à la lecture du rapport, haché menu, d'un de ces drames conjugaux qui font le bonheur dominical des plus solides foyers anglais. Il était question[1] d'un honorable commerçant de Liverpool qui, après dix ans d'esclavage, demandait la liberté : sa femme l'obligeait à « faire le cheval » et, lui ayant imposé le harnais, à avancer dans la chambre à petits coups de fouet. Ursula éclata d'un rire sarcastique :

« *That would suit you perfectly!* (Cela vous irait à merveille !) »

Je ne sais si cela m'eût vraiment *suité*, mais l'image d'un major de l'Armée des Indes attelé comme un poney et secouant ses grelots me parut hallucinante. J'en vins à me demander

---

[1]. L'histoire est authentique.

si l'indifférence d'Ursula n'était qu'apparente et si cette façon de continuer sa maudite broderie jusqu'à la minute psychologique n'était pas l'expression même de la perversité....

**

Des dizaines d'années-lumière me séparaient encore de la planète Martine et de l'univers sentimental des Français. Puis-je me permettre ici de passer du particulier au général et, après avoir pris soin de souligner que l'Angleterre n'est pas exclusivement peuplée d'Ursulas, de noter ce que je considère comme une différence essentielle entre les deux pays ?

Les Anglais ont des rites pour le thé et des habitudes pour l'amour. Les Français prennent pour l'amour les soins que nous réservons au thé. Le plus souvent, chez nous, l'amour est un sketch rapide dont on ne parle ni avant ni après. Pour les Français, c'est une pièce savamment montée, dosée, avec prologue et intermèdes, et dont on parle beaucoup avant, pendant et après. Les Français sont les gastronomes de l'amour. Les Anglais, des exécutants.

Loin de me demander comme Martine : « C'était bien ? Tu es content ? Très-très ? » Ursula m'aurait plutôt demandé si je me sentais mieux. Elle ne me demandait d'ailleurs rien.

Ce comportement n'est pas, il s'en faut, particulier à Ursula. Même lorsqu'ils aiment l'amour, les Anglais en parlent peu. Ils laissent ce soin aux auteurs dramatiques — ou aux journaux [1]. Les plus beaux duos d'amour que l'on ait jamais écrits sont peut-être ceux de Shakespeare — mais ce n'est pas là un langage dont les Anglais usent pour la consommation courante. Et s'il leur advient de *parler d'amour*, comme aiment le dire et le faire les Français, ils ménageront plutôt leur langue nationale, trop correcte, pour donner un peu de couleur locale à leur vocabulaire en l'émaillant d'articles importés, tels que *C'est l'amour*... ou *rendez-vous* [2].

Quant à la presse, elle n'hésite pas, on l'a vu, à parler des drames conjugaux, comme à broder sans fin sur le secret d'une idylle — pourvu qu'elle soit princière. Qu'une Prin-

---

[1]. Encore y a-t-il une façon d'en parler. Le *New Statesman and Nation* du 27 mars 1954 cite cette phrase extraite d'un article paru dans les *News of the World* : « Love is a word we have got to be very careful about. In certain connections it has a sexual significance. (Amour est un mot au sujet duquel on ne saurait être trop prudent : dans certains cas, il a une signification sexuelle.) » *(Note du Traducteur.)*

[2]. En français dans le texte comme dans la conversation des Anglais. Il est curieux de noter qu'au même instant une jeune fille française à la page, trouvant le *Je vous aime* désuet, dira ou écrira volontiers : *I love you. (Note du Traducteur.)*

1ST MARRIAGE :
*St. Marks
Audley Street*
(1929).

2ᵉ MARIAGE :
Mairie du XVI⁰
(1932).

cesse royale change de cavalier servant, ou perde son sourire au moment d'entreprendre un voyage en Rhodésie du Sud — et les journaux à grand tirage s'interrogent sur les raisons de sa mélancolie : « *Why is the Princess so sad ?...* » Alors mon Angleterre, l'Angleterre stricte au cœur fondant, l'Angleterre toujours prompte à s'émouvoir pour une romance que ligote le corset des traditions, toute cette Angleterre, qui se sent un peu de la Famille royale, se passionne pour la tête qui trotte dans la tête de sa jeune Princesse, tandis que celle-ci contemple les danses des guerriers emplumés du Bechouanaland. Très respectueusement, mais avec une insistance qui paraîtrait déplacée dans un pays moins poli, les reporters interrogent ce visage mélancolique pour savoir ce qu'il y a derrière.... Austère gouvernante de papier, Miss *Times* les rappelle à l'ordre en quinze lignes.

*
* *

J'ai toujours tenu à mesurer, avec le plus d'exactitude possible, la distance qui sépare presque en tous points les Français des Anglais. Je voudrais pouvoir le faire aussi bien dans le domaine sentimental. Mais mon compas m'échappe des mains. Ce n'est plus un fossé, c'est un abîme.

En France, une jolie femme (toutes les femmes s'arrangent pour être jolies dans ce pays, même les autres) sera choquée si un homme ne lui fait pas la cour dans un salon ou ne remarque même pas sa nouvelle robe. C'est là une attitude qu'elle conçoit à la rigueur chez son mari, tout en déplorant publiquement qu'il n'ait plus pour elle les yeux d'un amant.

En Angleterre, une jolie femme trouvera *most shocking* qu'un homme lui baise la main, et tout à fait déplacé qu'il lui tourne un compliment sur son teint, à moins que ce ne soit son mari, lequel n'y pense pas.

Ce que Martine demande avant tout à une robe, c'est d'être élégante. Ursula, comme ses compagnes, voulait d'abord s'y sentir *comfortable*[1] *(to be comfortable in...)*. Dans la rue, la Parisienne qui inaugure un *petit* tailleur printanier est secrètement ravie de voir le regard des hommes s'allumer. L'Anglaise le serait sans doute aussi, mais ce début d'incendie est inimaginable dans un pays où le regard des hommes, sans doute à cause de

---

[1]. Je dois à la vérité de dire que les Anglaises ont fait, quant à leurs toilettes, de sérieux progrès depuis quelques années. Mais les habitudes acquises sont tenaces. *(Note du Major.)*

l'humidité ambiante, paraît ininflammable. Les Français contemplent les femmes. Les Anglais les croisent.

En France, les femmes font tout ce qu'elles peuvent pour être remarquées — tout en affichant la surprise la plus vive si quelque inconnu les remarque au point de le leur dire. Une *femme du monde* [1] sera scandalisée si on l'aborde, mais navrée que l'on n'essaie pas. « On ne me suit plus... », dira-t-elle un jour, pour marquer à la fois son âge et son désabusement.

Une Anglaise peut être parfaitement tranquille sur ce chapitre : on ne l'importunera jamais. Si, par extraordinaire, quelque étranger suspect s'avisait de la suivre, le traditionnel policeman aurait tôt fait de remettre les choses dans la tradition la plus stricte — les policemen des deux pays étant, à l'image du reste, très différents. Martine m'a raconté qu'un jour, encore jeune fille, mais déjà suivie, elle s'était précipitée vers un gardien de la paix pour lui dire :

« Monsieur l'agent, cet homme me suit !
— Dommage que je ne puisse pas en faire autant, mademoiselle ! » lui répondit l'agent,

---

[1]. En France, on appelle « femme du monde » une femme qui n'appartient à personne (pas même à son mari), sans doute par opposition aux demi-mondaines, qui appartiennent au monde entier. *(Note du Major.)*

tout en continuant à régler la circulation[1].

Encore ne faut-il voir là que des différences mineures.

Le véritable antagonisme est ailleurs. Souvent, quand il est question d'un Français, on vous parle un peu de lui, beaucoup de sa maîtresse, pas du tout de sa femme. Quand il est question d'un Anglais, on parle surtout de lui, très peu de sa femme, jamais de sa maîtresse. Je vais parfois jusqu'à penser qu'un Français sans maîtresse est un Anglais sans club, mais... *by Jove!...* loin de moi l'intention de généraliser ! Je ne veux parler ici que de certaine société des villes (quoique les jeunes filles des campagnes, sous des aspects timides, cachent bien plus de hardiesse que leurs émules citadines).

* * *

Une chose demeure claire : le penchant des Français pour l'aventure galante et le souci qu'ils ont d'élever leurs enfants dans le respect des traditions familiales font que, de tous les pays du monde, la France est peut-être celui où il est le plus simple d'avoir une vie compli-

---

[1]. A noter que si la méthode des agents diffère, à Londres et à Paris, l'effet qu'ils exercent sur les suiveurs est le même : en l'occurrence l'homme s'éclipsa. *(Note du Traducteur.)*

quée et le plus compliqué d'avoir une vie simple. Chez nous, la complexité est à la fois plus rare et moins visible. L'absence des enfants diminue les hésitations devant le divorce. En revanche, on hésite infiniment plus devant le crime passionnel.

La loi du cricket domine l'Anglais jusque dans sa déconvenue sentimentale (qui ne revêt, même au théâtre, aucun caractère comique) : il doit savoir perdre sa femme comme il sait perdre un match. Si par malheur il se révèle mauvais joueur et tue son rival, on lui rappelle aussitôt que c'est là, encore, une chose qui ne se fait pas. Il n'a pas à compter sur l'indulgence du tribunal. De l'autre côté du *Channel*, sans doute, il recevrait les félicitations du jury. *At home,* il reçoit une lettre polie qui commence par du *Cher Monsieur* et se termine par du *bien dévoué,* mais qui, incidemment, lui apprend que l'on est au regret d'avoir à le pendre....

En France, où la femme n'a juridiquement aucun droit, tout est fait pour les femmes, par les femmes. La rue de la Paix et la magistrature, l'ironie et la politique, la galanterie et la République — tout est du féminin.

En Angleterre, où la femme a juridiquement tous les droits, rien n'est fait pour les femmes, même les hommes. Les paquebots sont du féminin, mais, en dehors de cela, le masculin domine ; l'une des meilleures réputations que l'on puisse faire à une femme, c'est de dire qu'elle est *un bon sport* [1].

C'est très exactement ce que l'on m'avait dit d'Ursula.

On a vu comment Meltenham, en la développant, l'avait masculinisée. Tout milite en Angleterre pour la réussite de cette vaste conspiration contre la femme : la pratique intensive du sport dans l'adolescence a enlevé à la *female* [2] sa sensibilité, les clubs lui enlèveront son mari, les collèges ses enfants, la confection son charme, jusqu'au jour où ses charmes eux-mêmes se faneront.

Mais l'âge de la défaite sera pour elle le temps de la victoire. A l'époque où la Française s'estompe dans la discrétion des gris et des grèges, l'Anglaise, dégagée des contraintes, prend en toute liberté sa revanche sur les hommes : le printemps, que l'uniforme de l'école avait étouffé, elle le vit tardif, mais glorieux, en cultivant un jardin sur sa tête et en arborant des robes *baby blue* ou rose saumon. Alors, ayant fait hautement valoir

---

1. *A good sport :* une bonne et loyale camarade. *(Note du Traducteur.)*

2. Quoique beaucoup moins employé que le mot *woman*, l'appellation de *female*, en Angleterre, n'a rien de péjoratif. *(Note du Traducteur.)*

ses droits à l'égalité, elle se conduit comme un homme, fait de la politique comme un homme, va à son club comme un homme, et devient, en vraie femme, vice-présidente de la Société de Secours aux Pinsons égarés.

L'heure du petit oiseau a sonné [1].

**

Cette heure ne devait jamais sonner pour Ursula, mais une autre, plus glorieuse encore, lui était réservée.

Elle est tombée à Bombay dans la Coupe du Vice-Roi, un jour où l'on avait élevé la

---

1. Il peut paraître étrange de parler d'animaux lorsque l'on traite de l'amour et des femmes. Mais l'Angleterre est moins le pays du *I love you* que celui du *Love me, love my dog* (Qui m'aime aime mon chien). A l'encontre des Français qui mangent du cheval et toutes sortes de bêtes, mais ne manquent pas une occasion de s'appeler *mon petit chat* et *ma cocotte en sucre*, les Anglais, beaucoup plus réservés sur ce genre d'appellations et partisans des châtiments corporels pour leurs enfants, dispensent des trésors de tendresse aux poneys et aux chiens. Si un gardien de la Tour de Londres se casse le tibia en se prenant le pied dans sa hallebarde, on en parle à peine. Mais que Judy, le fox-terrier des *yeomen*, tombe malade — cela vient d'arriver —, et voilà Londres ému aux larmes en lisant dans les journaux ses bulletins de santé. Je ne sais si l'abbé Pierre aurait récolté chez nous autant d'argent qu'en France. Mais je suis sûr qu'il en aurait obtenu davantage s'il avait fait campagne pour les chats sans logis. Aucun des mendiants du Royaume ne me contredira : un aveugle professionnel double facilement sa recette avec une chienne au regard triste. Mais si la chienne est aveugle, il peut songer à se retirer. *(Note du Major.)*

barre de Spa à 1 m, 90 et où elle s'entêtait à monter un australien entier, réputé cabochard.

Après avoir renâclé à l'oxer, *Bahadur Sahib* prit le mur par le poitrail et, loin de le « négocier », fit un panache fatal.

La tragédie fut complète : pendant que l'on transportait Ursula, sans connaissance, au British Hospital, on devait abattre *Bahadur Sahib*.

Ces deux bons serviteurs de la cause hippique reposent en terre indienne.

IX

CE CHER ENNEMI HÉRÉDITAIRE...

Le seul drame dans ma vie, depuis la mort d'Ursula, c'est mon fils.
    Rien que son prénom d'abord.
Je voulais l'appeler Marmaduke.
Depuis 1066, les Thompson, qui, par mon trisaïeul Archibald, troisième comte de Strawforness, parviennent — en tirant un peu sur la dernière branche — à se raccrocher à Guillaume le Conquérant, ont pour tradition d'appeler leur fils aîné Marmaduke. Ursula n'aurait rien eu là contre. Mais ce fils m'est *eventually* venu de ma Française seconde épouse : et Martine, à ma proposition, a éclaté de rire. Ce prénom de Marmaduke l'a toujours incitée à rire. Elle prétend que cela fait gelée d'orange de Dundee, *je ne sais pas, moi... pas sérieux* [1].

[1]. En français dans le texte. *(Note du Traducteur.)*

Ce qui, à mon sens, ne fait pas sérieux du tout pour un ex-major de l'armée des Indes, c'est le surnom de Doukie [1] qu'elle en a tiré, en bonne Française qui sait faire une robe de rien et un petit nom de tout.

Nous parvînmes à un compromis : l'enfant porterait les trois premières lettres de nos deux prénoms et on lui ajouterait un *c* dont il serait libre, plus tard, de faire ce qu'il voudrait. Il s'appelle donc Marc. Mais aucune force au monde ne saurait m'empêcher de l'appeler, en secret, Marmaduke.

Cette discussion n'était que le prélude d'une tragédie qui alla *crescendo* avec le problème de l'éducation.

My God! Est-il possible que deux peuples aient emménagé dans des domaines aussi rapprochés que les nôtres pour le plaisir de faire toutes choses en sens opposé ? Il en est des enfants comme de la conduite des automobiles et du système judiciaire : à vingt miles de distance, tout est le contraire de tout. Les Français mettent des enfants au monde pour les regarder grandir. Les Anglais les ont à peine vus naître qu'ils les envoient grandir ailleurs. A partir de Boulogne, les enfants sont élevés au milieu des grandes personnes. A

---

1. Dans ses très bons jours « Doukie-Doukie ». *(Note du Major, tout à fait confus.)*

partir de Folkestone, ils deviennent des grandes personnes au milieu des enfants. En France, ils vous attendrissent. En Angleterre, on vous les durcit. Les parents français sont plutôt vexés si leur fils ne donne pas des signes d'intelligence précoce. Les Anglais sont consternés s'il en manifeste [1].

Comment trouver, dans ces conditions, un terrain d'entente ?

Un moment je crus l'avoir découvert en la personne de Miss ffyfth [2] : l'enfant serait éduqué d'abord en France, mais avec une gouvernante anglaise. Devant cette menace d'invasion, l'ascendance bretonne de Martine sonna le tocsin : l'intrusion d'une belle-mère factice mais consanguine la fit longtemps hésiter. Je fus appuyé par certaines de ses amies qui admettaient : « Rien de tel qu'une Anglaise pour élever les enfants », desservi par d'autres qui assuraient : « Très bien, oui... mais vous ne le verrez plus ! »

Tout de même, Martine finit par accepter.

Il serait inexact d'écrire : Miss ffyfth

---

[1]. Je ne veux pas dire, bien entendu, que mes honorables compatriotes adorent les enfants idiots. Mais ils aiment les enfants enfants. En France, au contraire, ce que l'on apprécie le plus chez un enfant, c'est le petit bout d'homme. Un père anglais rapportera volontiers un mot de son fils s'il est d'un comique enfantin. Mais, à l'encontre du Français, il n'en tirera aucune vanité s'il s'agit d'un mot *très avancé pour son âge.* (*Note du Major.*)

[2]. Surtout sans majuscule ! Voir plus loin. (*Note du Major.*)

entra.... Ce fut un souffle glacial de mer du Nord qui s'engouffra dans l'appartement. Avec son visage anguleux et violacé, ses dents proéminentes en forme de rostre, ses longs bras, ses mains osseuses recouvertes de peau écaillée, Miss ffyfth était l'image de la rigidité, l'incarnation de l'ennemi héréditaire. C'était la Reine Elizabeth condamnant Marie Stuart à l'échafaud, Victoria asséchant les marécages du vice par le puritanisme, Britannia casquée d'or assise sur un tonneau d'esclaves. La locataire du premier pays au-dessus à gauche s'installait en *squatter* dans l'appartement. Ce n'était pas la guerre, sans doute. Mais l'état d'alerte. En un clin d'œil, la situation domestique se tendit : Florine, la cuisinière, ne ferait aucun porridge pour ce dragon, *ça n'y avait rien à faire* [1] ; et Clarisse ne lui envoyait pas dire : *elle pouvait toujours se brosser, la Miss, pour être servie dans sa chambre....*

J'avais connu Miss ffyfth aux Indes. Après avoir fait ses premières armes dans certaines des nurseries les plus huppées du royaume, Miss ffyfth avait été appelée au Kashmir par un maharajah anglomane, décidé à lui confier le dressage de son fils indolent,

---

[1]. En français dans le texte. *(Note du Traducteur.)*

rêveur, un peu courbé. En imposant à cet oriental enfant le port d'une tringle qui barrait ses omoplates, et en l'entraînant, au cours de longues promenades hygiéniques — *Respirez fort.... Levez la tête.... Une, deux, une, deux...* — à marcher comme les grenadiers de Sa Majesté, le poing violemment rejeté d'arrière en avant, Miss ffyfth en fit quelqu'un de tout à fait bien. Quand l'Anglaise quitta Srinagar, l'enfant était toujours indien, mais redressé : il ne pensait plus à comparer les yeux des jeunes filles à la fleur de l'hibiscus ; son indolence était secouée ; et il admettait que Çiva avait sans succès mis au point la mousson pour éprouver les British waterproofs.

**

Il y eut, d'abord, de terribles batailles de prononciation. Il est déjà difficile à un enfant qui n'est pas complètement anglais d'admettre que Beauchamp se prononce *Bitcham* et Leicester, *Lest'r*. Mais personne dans la maison, à commencer par le petit, n'arrivait à prononcer correctement le nom seul de Miss ffyfth. Je l'avoue : c'est un nom difficile à siffler, même pour des bouches britanniques. Or Miss ffyfth, qui se plaît à dire qu'elle pourrait donner des leçons particulières rien qu'avec son nom, est très attachée à son patronyme. Rares sont les vieilles familles du Royaume Uni qui ont gardé des temps médiévaux le privilège de commencer leur nom avec une double portion de f[1] : plus rares encore sont celles qui ajoutent à ce luxe le raffinement du *th*. Seules des langues exercées depuis mille ans peuvent effectuer sans fourcher ce périlleux rétablissement. Les Français trébuchent, et cela les énerve. La vieille Florine nous fit d'ailleurs remarquer que, moins dépensière, elle s'en tirait aussi bien avec un seul *f*, et murmura :

« Le jour où elle ff...ra le camp, l'Anglaise, elle peut s'en coller quatre des f..., ça ira plus vite ! »

Martine, qui commençait à perdre son *self-control*, essaya bien de se venger en donnant à mâcher à Miss ffyfth du Broglie, du Maupéou, et même un peu de La Trémoille, mais la mâchoire aguerrie de la Galloise ne fit qu'une

---

1. Le Major fait ici allusion aux *ffolkes*, *fforde*, *ffrangon*-Davies et autres *ffrench* (sans majuscule), solides familles anglaises qui se sentent particulièrement *ffortes* derrière cet imprenable rempart et se montrent très jalouses de leur privilège. Le cas de Miss ffyfth est à cet égard significatif : si elle ne s'est jamais mariée, c'est pour conserver intact son nom bien plus que sa personne. Elle avait vingt ans lorsqu'elle tomba amoureuse de Merthylyd llynfartha. Or jamais dans sa famille une fille n'avait épousé un homme dont le nom ne commençait pas par *ff* ou *Ff*. Son père, ayant rapidement démontré que deux *l* ne changeaient rien à l'affaire, lui commanda donc *to stop that nonsense*.... C'est ainsi que Miss ffyfth demeura vierge. *(Note du Major.)*

bouchée de la vieille noblesse française ; on sentait bien là l'ennemie héréditaire.

La tension ne cessait de monter. Martine s'apercevait que certaines de ses amies avaient raison : à partir de 19 heures, elle ne pouvait plus voir son fils sans que cela fît un drame. Il fallait respecter la *rule*. Miss ffyfth entendait coucher, laver, habiller l'enfant comme elle le voulait, sinon elle déclinait toute responsabilité : *British rule.*

Martine accepta de patienter encore un peu, mais son humeur s'aigrit. Sa mémoire devint étrangement rétrospective. Jusque-là, elle ne m'avait jamais semblé savoir qui, des Normands ou des Saxons, était venu en premier. Tout à coup, elle marchait d'un pas sûr à travers l'épaisse forêt des dynasties anglaises et me lançait à la tête ce Gourdon écorché vif par Richard Cœur de Lion comme si elle venait de terminer une thèse sur les Plantagenets. En ces moments-là, elle me détestait. Mais... *je ne pouvais pas comprendre, parce que j'étais Anglais, avant tout Anglais....*

*
* *

Je ne me formalise pas pour autant.... Quand un Français commence par me dire : « Je vais vous parler franchement : dans ma famille, on a toujours détesté les Anglais... », je parierais une bouteille de scotch qu'il me confiera bientôt : « Au fond, on vous aime bien.... » Pour un Français, il y a toujours deux Anglais en un seul : le bon (celui du match Oxford-Cambridge) et le mauvais (celui de Fachoda). Cela dépend de son humeur [1]. Chacun sait que le seul authentique ennemi du Français est l'Allemand, mais, fidèles à leur vieux fournisseur d'acrimonie — qui risquerait de se trouver sans emploi —, beaucoup de Français continuent à se transmettre de père en fils la notion de l'ennemi héréditaire britannique, le plus fidèle, le plus cordial antagoniste du Français dans la paix.

Pour être juste, il faut dire que Miss ffyfth possède une façon assez spéciale d'apprendre l'histoire aux petits enfants. Quelquefois, de la galerie, je l'entendais pénétrer dans la guerre de Cent Ans :

« *Alors, le roi Edouard III, guidé par un de vos paysans, Gobin Agache, traversa la River Somme et arriva à un village nommé Crécy où il made up his mind to wait and see....* »

Et le Roi d'Angleterre attendait. Et il voyait arriver les chevaliers français. Et l'histoire commençait qui devait durer cent

---

[1]. Je parle de l'humeur du Français. *(Note de l'Ennemi.)*

ans, de ces mobiles archers anglais armés d'arcs en bois de frêne souple, le carquois à la hanche, toujours frais et dispos — et des chevaliers français empêtrés dans leurs cuirasses, qui chargeaient inutilement sous une grêle de flèches et n'avaient jamais de chance avec la pluie. *Too bad for the French....* Mais, précisait Miss ffyfth, ils étaient *badly led*, ils étouffaient sous leurs casques à bassinet, et leurs méthodes de combat étaient (déjà !) *old fashioned....*

***

Souvent, en hiver, à la tombée du jour, il m'arrive encore de penser à la guerre de Cent Ans et à ces noms — Crécy, Poitiers, Azincourt — qui dans un collège du Dorset résonnent comme des cris de triomphe tandis qu'à vingt lieues de là, dans un lycée normand, ils sonnent le glas de la chevalerie française. Alors, tandis que tombe le crépuscule et que cinquante fiers petits écoliers anglais sentent couler dans leurs veines le sang du Prince Noir, la tristesse emplit le cœur de cinquante fiers petits Français qui voient Jean le Bon (mais imprudent) emmené en captivité en Angleterre....

Too bad, really....

Cependant, à grands pas, Miss ffyfth avançait dans l'Histoire. Elle était *sorry for Joan of Arc* qu'elle eût été brûlée comme sorcière *(witch)*,... mais elle précisait que le tribunal qui l'avait condamnée était composé de Français et que le roi Charles VII n'avait rien fait *to aid the girl (stupendous!)*.

Bientôt elle arriverait à Bonaparte. Sans même parler de Trafalgar ni de Waterloo, Wellington avait déjà battu Napoléon à Vimieiro, *remember : Vi-miei-ro*.... En fin de compte, le petit homme turbulent avec son *funny* petit chapeau noir n'avait jamais pu réaliser son rêve : aller en Angleterre. Car il y avait... la mer... *the sea*... et surtout : *The Br... the Brr... the British navy, dear*....

Napoléon n'avait pu voir l'Angleterre que quelques minutes, de loin, sur le *Bellérophon*, mais...

« *But he was* NOT *permitted to land*.... »

On ne laisse pas débarquer tout le monde, *you see ?* Et Napoléon, tout napoléonien qu'il était, devait obéir à la *British rule*.... Marc n'était probablement pas convaincu. Miss ffyfth s'étonnait de sa mélancolie.... Elle ne pouvait pas comprendre, Miss ffyfth, qu'une terrible bataille de globules se livrait dans le cerveau de cet enfant ; qu'il y avait en lui un peu de Wellington et un peu de Napoléon (avec un léger avantage pour l'homme au

Miss ffyfth donne son congé au Major.

petit chapeau malgré tout si attirant) ; et que, dans sa moitié de tête française, Grouchy arrivait à l'heure à Waterloo tandis que Miss ffyfth était déjà à Sainte-Hélène....

Le règne de Miss ffyfth dura vingt-deux mois. Il finit avec la troisième cuisinière et la sixième femme de chambre qu'elle avait détraquées par ses exigences et son habitude de l'*early morning tea.*

Un jour, comprenant qu'il y avait dans le caractère français quelque chose d'indéracinable — peut-être un antimiss ? — elle s'en alla, très digne, après avoir fait tout son *duty, to make a real man of Marc.* Mais le regard de braise qu'elle me lança après qu'elle m'eut forcé à l'abdication (il fallait choisir entre les cuisinières et elle) — oh !... Miss ffyfth... ce damné regard me poursuivra jusque dans la tombe.

**

La guerre (celle de 1939) devait pourtant consolider les conquêtes territoriales de Miss ffyfth dans le tendre domaine de Marc. Notre fils était en vacances outre-Manche lorsque le conflit éclata ; nous décidâmes de lui faire poursuivre ses études dans un collège du Shropshire.

Quand Marc rentra en France, il était métamorphosé ; avec sa toque, ses pantalons de flanelle grise et son imperméable bleu marine, il semblait *definitely British*. On lui avait appris que la Terre était une planète sur laquelle on trouve l'Angleterre et aussi un gros tas de sable, le Sahara, que l'on a laissé aux Français pour s'amuser avec un train qu'ils parlent toujours de fabriquer. Il savait que, de toutes les situations dont on puisse rêver dans l'existence, la plus enviable est sans conteste la situation géographique de la Grande-Bretagne, qui la met à l'abri du besoin et des fâcheuses promiscuités de l'occupation étrangère. Il avait admis enfin que les Français, versatiles, agricoles et spirituels, n'étaient jamais parvenus à construire de vraiment bons bateaux et faisaient ce qu'ils pouvaient pour devenir des gentlemen en achetant, une fois dans leur vie, un chapeau chez Lock. Élevé à la dure loi des *masters* prompts à manier la souple tige de jonc et des prefects [1] à la main leste, il avait reconnu que la fabrication du gentleman commence par l'acceptation sans murmure des raclées.

Martine, surprise, nota qu'il manifestait

---

[1] Aînés auxquels les jeunes élèves doivent obéir et qui les soumettent, moins que jadis mais encore beaucoup, à toutes sortes de brimades. *(Note du Major.)*

une répulsion quasi instinctive au baisemain et, horrifiée, remarqua qu'il lui disait : *Good night, Mummy*, sans l'embrasser.

**

Huit jours après, Marc entrait dans une institution française. Il y apprit que Jeanne d'Arc avait entendu des voix sans guillemets, qu'un hardi marin du nom de Suffren avait dû aller chercher les bateaux anglais jusque dans le golfe du Bengale pour leur donner une leçon, et qu'en échange du Canada et des Indes échappées aux mains françaises (tout à la Pompadour), l'Angleterre n'avait rendu que de la menue monnaie : quelques petites Antilles ainsi que ces 5 (cinq) comptoirs : Pondichéry, Chandernagor, et les trois autres dont on oublie toujours les noms. Très forts au cricket et au golf, les mangeurs de sauce à la menthe ne possédaient rien de sérieusement comparable à la Querelle des Anciens et des Modernes. Pour le reste, c'étaient toujours les Français qui faisaient les premiers frais des guerres, parce que les Anglais étaient très longs à s'habiller en militaire.

Neuf mois plus tard, miné par le mot à mot du *De Senectute* et la vaine poursuite du carré de l'hypothénuse, le *poor child* n'était plus qu'un chaos vivant. Ballotté de Trafalgar Square à la place d'Iéna et de Waterloo Station à la gare d'Austerlitz, il découvrait que les hommes ne se battent en fin de compte que pour le chemin de fer ou les ronds-points, et que les Latins, en particulier, passent leur vie dans des rues du 29-Juillet ou du 4-Septembre sans jamais savoir exactement ce qui a bien pu arriver ce jour-là.

Devant tant d'incohérence, notre fils paraissait perdu. Il fallait à tout prix, pour le salut de sa raison malade, trouver une solution.

« Pas question, en tout cas, disait Martine, de le renvoyer dans un de vos sacrés collèges anglais !

— Je ne le laisserai pas, rétorquais-je, s'étriquer les épaules dans un de vos damnés lycées français ! »

Finalement, nous l'avons mis en Suisse, ce merveilleux petit pays qui sait toujours tirer des guerres, intestines ou extérieures, le plus sage parti.

X

LE FRANÇAIS TEL QU'ON LE PARLE

J'AI longtemps cherché à savoir, sans jamais poser de questions trop directes, comment parler un bon français.

Il y a, d'abord, les guides de poche où : *Excusez-moi.... Y a-t-il quelqu'un ici qui parle anglais?... Je suis étranger*, se lit, pour plus de facilité : *Ekskyze-mwa... i jatil kelkoe isi ki parle aglé?... ze suiz étrazé....*

Ces excellents ouvrages ont enrichi mon vocabulaire d'une foule d'expressions comme : *Garçon, le jacquet! (le zaké)*, ou : *Perçoit-on un droit de péage pour traverser ce pont?...* dont je ne nie pas la nécessité en cas d'urgence, mais que je serais prêt à céder, pour un prix raisonnable, à un véritable amateur.

Étant donné mes difficultés avec ces mémentos remplis de *tire-boutons (tirbutô)* et de *harengs bouffis (bufi)* [1] si difficiles à placer

---

1. Les lecteurs qui estimeraient que le Major exagère peuvent, pour plus de sûreté, se rapporter à ses sources : si cela les amuse, ils trouveront un *jacquet* à la page 81 du *Mémento anglo-français*

au bon moment, j'ai, pour un temps, et à l'instar de beaucoup de mes honorables concitoyens, adopté une solution de paresse : ne pas essayer de parler français ou le parler tellement mal que les Français qui se piquent de *spiker* l'English viennent à votre secours en faisant prendre l'air à leur anglais du lycée : *ze dineur iz raidi*. Vous êtes sûr, alors, non seulement d'avoir peine à être compris, mais de ne plus comprendre personne.

Il existe, pour un sujet britannique, une troisième manière : ne pas attaquer le français de front et profiter, pour mettre son vocabulaire au point, des séjours que les missions ou les guerres lui auront permis de faire au Canada ou en Belgique. Je ne saurais trop signaler les périls d'une telle méthode.

J'avais fait confiance aux Canadiens, qui assurent être seuls aujourd'hui dans le monde à parler le vrai français : celui de Montaigne. Toutefois, je déconseille à un compatriote de demander une paire de claques à un vendeur de chaussures sous prétexte qu'il a besoin de snow-boots, ou un char à un groom parce qu'il veut un taxi....

L'expérience belge, si elle précède, comme

de William Savage (avec clef de prononciation et *appendices*). Quant aux *harengs bouffis (bloaters)*, ils naviguent page 147 dans le *Traveller's Foreign Phrase Book* de J. O. Kettridge. F. S. A. A. *(Note du Traducteur.)*

la mienne, le séjour en France, n'est pas moins dangereuse. Je me rappelle l'air narquois de cet agent immobilier auquel je demandai, débarquant de Liège à Paris, s'il pouvait me trouver un appartement de quatre places [1].

« Dans le sens de la marche ? » interrogea-t-il ; et son sourire me fit aussitôt sentir que j'étais arrivé au pays de la repartie, peut-être sur le point d'être envoyé à Lariboisière, service du Ridicule, dans un état désespéré.

Aucun doute : pour parler un vraiment bon français, il fallait l'apprendre en France. N'était-ce pas le moins qu'épousant une Française je cherchasse (merci) à partager ses mots ? Une fois sur place, pourtant, les choses devinrent encore plus complexes. Je savais déjà qu'il y avait une façon de parler le français au nord des Ardennes et une autre au sud. Mais j'ai été amené très vite à constater qu'il existe aussi une façon de parler le français au nord de la Somme, une seconde au sud de la Loire, une troisième à droite du Massif Central, et (environ) cinquante-cinq autres, de telle sorte qu'en fin de compte on ne saurait dire avec exactitude qui en France parle français. Les Lyonnais se moquent des Marseillais, les Bordelais des Lillois (quand ce

---

1. Les Belges disent « place » pour « pièce ». *(Note du Traducteur.)*

n'est pas des Landais), les Niçois des Toulousains, les Parisiens de toute la France, et toute la France des Parisiens.

*

Décidé à me perfectionner, j'entrepris un grand voyage à travers le pays.

Certains experts m'ayant affirmé que la Touraine était le fief du beau langage, je fis une cure tourangelle. Quand je revins à Paris, ma très britannique complexion à fond rouge jaspé de bleu était, par la vertu du vouvray, plus haute en couleur que jamais ; mais lorsque à mon premier dîner je crus bon en parlant d'un bourgueil de remarquer qu'il était très *gouleyant* pour dire qu'il vous tapissait agréablement la gorge, on me dévisagea comme un Huron. Plus tard, dans la soirée, ledit bourgueil ayant produit son effet, je m'enhardis jusqu'à confier à Martine qu'elle était *ameugnounante* à souhait (ce qui pour un ex-major de l'armée des Indes est simplement héroïque), mais, pour tout remerciement, je m'entendis demander *si ça n'allait pas tout à fait bien... non ?*

Décidé à tout essayer pour me perfectionner, je poursuivis mes voyages. Pour satisfaire à une certaine logique, j'allai d'abord

G. O. F...

« *Pour le fiston, après le montrachet, donnez-lui donc un petit saint-émilion, ce sera plus léger....* »

rendre visite aux Tiberghien, de Roubaix, que j'avais connus pendant la guerre. M. Tiberghien m'accueillit en me disant :

« Mettez-vous.... »

Je supposai un instant qu'il allait me demander si je mettais des caleçons de toile ou de laine, mais il se contenta de répéter : « Mettez-vous... » en m'indiquant un fauteuil.

Je m'y mis.

Quelque temps plus tard, arrivant à Marseille, j'entendis M. Pappalardo s'écrier en me voyant :

« Remettez-vous, cher major Tommepessonne ! »

Je pensai qu'il allait m'apporter un cordial, mais c'était là simple façon de m'inviter à prendre un siège.

Je m'y remis.

Le français varie, en somme, avec la longitude. Encore s'agit-il là du français que les Français eux-mêmes entendent à peu près. Mais, lorsqu'un Basque se met à parler la langue du terroir (et il semble le faire avec un plaisir particulier devant un Parisien ou un étranger), on est en plein brouillard. Après un bref séjour à Bordeaux, où j'appris que mon linge, pour être repassé, avait été envoyé chez la lisseuse, je fus donc heureux de retrouver

Paris : en présence de Martine, je me sentais plus à l'aise.

Les Parisiens savent-ils ou non parler français ? A vrai dire quand, chez mes amis Daninos, j'entends le petit garçon dire à sa sœur : « T'es pas cap de faire ça ! »

... ou chuchoter en me regardant (ils doivent me croire un peu dur de la conque) :

« T'as vu sa moustache ? Drôlement au poil !... Et son imper ?... Impecc !... »

... il m'est difficile de penser que ce langage-express est celui du pays de Montesq, pardon, Montesquieu. On serait même en droit de se demander si, à cette cadence-là, dans cinquante ans, la France n'aura pas perdu la moitié de son vocabulaire. Avouez que ce serait formid.... Mais après tout, ils en sont cap !

* * *

Pour en revenir aux Parisiens adultes, ils seraient à peu près compréhensibles pour un Anglais si beaucoup d'entre eux ne se croyaient obligés de truffer leurs phrases de mots anglo-saxons qui font bien pour les Français, mais mal aux Britanniques[1]. L'autre soir, dans

---

[1]. Le Major fait allusion à des expressions telles que *footing* qui pour les Français veut dire *footing*, mais pour les Anglais rien du tout, ou *smoking* qui pour les Britanniques est « fumant » et non pas *dinner-jacket*, sans parler de ces *English tea roms*

un salon, une dame dont les paroles semblaient s'en aller par le fume-cigarette déclarait devant moi à un monsieur qui se prenait la tête dans la fumée :

« J'avais été invitée à la *previou* au *Heïmarquett Ciateur* à Londres.... C'était auquai.... Mais à la première, ici, vendredi soir, la salle était d'un moche ! C'est bien simple : rien que des plouks ! »

Plouks ? Ploucs ? Plouques ? Larousse ne m'a pas renseigné. Mais j'ai cru comprendre qu'il s'agissait de gens de peu. En tout cas, pas des *gens bien* [1].

Le monsieur dans la fumée s'étonna (à sa façon) :

« Jeannot n'était pas là ?

— Ni Jeannot, ni Marcel, ni Jean.... Personne... C'était mortel ! »

Qui étaient ce Jeannot, ce Marcel et ce Jean dont j'entendais sans cesse parler à Paris ? Un acteur, un auteur dramatique et un poète également célèbres. Ce monsieur et cette dame, sans doute, partageaient leur intimité ?... Oui, avec deux ou trois millions de

---

bien parisien qui, comme cela peut se voir près de la Porte Maillot, affichent : *Five o'clock à quatre heures*. On peut également citer le cas de beaucoup de Français qui, ayant demandé à Londres qu'on leur indique les *water-closets*, s'étonnent d'être conduits alors à la cuisine, au fumoir ou dans le jardin d'hiver avant de découvrir le *lavatory*. *(Note du Traducteur.)*

1. En français dans le texte.

Parisiens. Il est de bon ton à Paris d'appeler les gens par leur prénom dès qu'ils ont franchi un certain stade de renommée.

Les Français sont, là encore, faits à l'inverse des Britanniques : vous pouvez les fréquenter depuis dix ans, ils continuent à vous dire « Monsieur Thompson » ; mais ils désignent volontiers par son prénom quelqu'un qu'ils ne connaissent pas et ne connaîtront jamais. Nous qui n'hésitons pas, souvent, à appeler quelqu'un par son prénom au bout de quelques heures (sans pour autant devenir familier), nous n'oserions point dire « Larry » en parlant de Sir Laurence Olivier, à moins de compter parmi ses amis.

Il existe cependant un terrain sur lequel, sans se rejoindre tout à fait, les classes les plus huppées de nos deux pays combattent côte à côte : celui de l'*h*. L'Angleterre, aux yeux d'un observateur superficiel, apparaît comme une nation unie, mais elle est en réalité déchirée depuis des siècles par la guerre de l'*h*.

L'une des principales aspirations de l'élite britannique est celle des *h*. Afin de prononcer, d'aspirer comme il faut, *Her Highness the Duchess of Hamilton*, un Anglais n'hésitera pas à s'entraîner pendant vingt ans. J'en ai vu qui mouraient sans y être parvenus. Pour se venger, les gens du peuple évitent de pro-

noncer les *h* quand il y en a *(a good otel)* et en mettent partout où il n'y en a pas *(an hangel)*. En France, la guerre de l'*h*, beaucoup moins virulente, s'accompagne comme chez nous d'une curieuse substitution : l'*e* devient *â*[1].
J'en ai eu une nouvelle preuve à Paris il y a quelques jours en entendant une précieuse dire avec un accent qu'elle espérait britannique :

« J'â pris le thâ cha la Pochâ, c'étâ parfâ ! »

Martine a bien voulu traduire pour moi que cette distinguée personne avait été prendre le thé chez les Pochet avec plaisir, j'allais écrire plâsir.... Le *parfait* n'est d'ailleurs qu'une des cent formes de superlatifs très recherchés, semble-t-il, par ces *happy few* pour qualifier une soirée, un film, une pièce. Les plus employés étant *Mhârvhailleux... Dhivin... Seûblime....* Le fin du fin semble être de faire suivre immédiatement ces qualificatifs du mot *quoi*. D'un ballet, un enthousiaste dira : « *C'est divin-quoi ?* », ce qui est une façon de vous dire : *Vous n'allez tout de même pas penser le contraire, non ?* de vous entraîner dans son sillage et de vous prendre de vitesse sans attendre de ne pas avoir entendu ce que vous ne disiez pas encore.

By Jove! Comment diable un ex-major de

---

[1]. *Rather* se dit (plutôt) *rathâ*. (*Note du Major.*)

l'armée des Indes pourrait-il saisir toutes ces damnées nuances ? D'autant que, dans ce domaine comme dans les autres, les Français adorent le paradoxe. D'un moucheron de Picasso perdu dans le désert d'une toile blanche, ils diront volontiers : « C'est hénaurme ! » Mais, comme on discutait un jour de la tour Eiffel, j'ai entendu une dame s'écrier : « Moi, qu'est-ce que vous voulez, je la trouve trop chou ! »

*
* *

J'étais allé l'autre soir dans un petit théâtre où l'on jouait une de ces pièces dites d'avantgarde parce qu'on ne les comprend qu'après coup. Le dialogue fourmillait de perles de ce calibre :
« Est-ce un fantassin ?
— Non, c'est un hexagone. »
A chaque trouvaille de ce genre, ma voisine, une initiée sans doute, émettait un petit gloussement, un hoquet de gallinacé. Je la vis à l'entracte au milieu d'un groupe de connaisseurs qui se répandaient en *extrhaordinaire* et *rhe-mâr-quhâble-quoi ?* Il y a, au pays de Descartes, une petite *intelligentzia* qui ne trouve la lumière que dans l'obscurité. Quelqu'un passa cependant — quelque « plouk »

obscur avide de clarté... — qui avoua n'y rien comprendre.

« Mais pourquoi diable, lui dit ma voisine, voulez-vous à toute force comprendre quelque chose ? Vous êtes d'un bourgeois ! »

Quel étrange pays ! Les ouvriers vitupèrent les bourgeois. Les intellectuels les tournent en ridicule. Les aristocrates les méprisent. Mais les plus prompts à dénigrer la bourgeoisie et à se souffleter du seul mot de bourgeois, ce sont les bourgeois. Et le plus fort, c'est que, des plombiers aux marquis en passant par les explorateurs, les journalistes et les acteurs, le pays tout entier, roulé dans la vague universelle de sécurité sociale, s'embourgeoise chaque jour davantage.

La France ? Une nation de bourgeois qui se défendent de l'être en attaquant les autres parce qu'ils le sont.

XI

QUAND LE FRANÇAIS VOYAGE...

Je me rappellerai toujours ma visite au stade de Delphes. Moins en raison de la majesté du site, tout imprégné encore du mystère de la Pythie, qu'à cause de la réflexion d'un Français-de-Croisière qui, après avoir embrassé du regard ce haut lieu — un peu pour lui, un peu pour son kodak, un peu pour la France —, déclara à sa femme :

« Tu ne trouves pas, chérie, que ça rappelle le stade Jean-Bouin ? »

Cette *very strange* réminiscence fit surgir dans ma mémoire cent observations de Français à travers le monde — de ces Français qui retrouvent le passage du Havre à Milan, la Côte d'Azur en Floride et Vézelay à Saint-Jacques-de-Compostelle. Quand un Anglais contemple la baie de Rio ou Saint-Pierre de Rome, il pense à Saint-Pierre de Rome ou à la baie de Rio. Moins simpliste, un Français profitera de la circonstance pour évoquer la baie de Naples et la cathédrale de Chartres.

L'Anglais qui part en voyage emporte dans sa valise son nécessaire de toilette, son parapluie, voire (s'il vient en France) un petit réchaud spécial pour son thé. Cependant, le douanier qui visiterait son crâne n'y trouverait rien à déclarer. M. Taupin oublie parfois sa brosse à dents, mais s'arme toujours d'un volumineux trousseau de comparaisons contre lequel toutes les douanes du monde, jusqu'ici [1], sont demeurées impuissantes.

Il y a quelque temps, je visitais Bruges avec les Taupin.

« C'est fou, dit M. Taupin, ce que cela me rappelle Venise ! »

Six mois plus tard, comme notre gondole, ayant passé le pont des Soupirs, nous menait vers le petit théâtre de la Fenice :

« Oh ! Tounet [2], s'écria Mme Taupin, regarde ce coin-là ! Est-ce qu'on ne dirait pas Bruges ? »

Il est normal, dans ces conditions, que les Taupin, naguère casaniers, mais atteints depuis peu de fringale touristique, se livrent de terribles batailles de souvenirs. A force de parler de Bruges à Venise et d'Amsterdam à Copen-

---

1. Le Major pense que dans un avenir assez rapproché les douaniers disposeront d'un appareil à contrôler la pensée. *(Note du Traducteur.)*

2. Diminutif de Gaston, prénom de M. Taupin. *(Note du Major.)*

« Oh! Tounet, est-ce qu'on ne dirait pas Bruges? »

hague, ils ne peuvent plus savoir si, en 1949, ils étaient sur le Grand Canal ou sur le Zuyderzée.

Au Royaume de la Comparaison, la table tient une place d'autant plus importante que la confrontation s'exerce tout à l'avantage de la cuisine française (*la seule* [1]). Sûr de cette suprématie, le Français se montre à haute voix assez intraitable sur la façon d'être traité. Mme Taupin elle-même enseignerait aux autochtones leurs spécialités. Au moment d'attaquer des gnocchi *alla romana*, elle explique si bien comment elle les prépare *à la parisienne* que je ne sais plus si je déjeune piazza Rusticucci ou place de l'Alma. Quant à M. Taupin, que le foie tracasse, il semble toujours courir après sa côtelette : rien n'est plus compliqué à trouver, à son avis, que la cuisine simple.

« Ah ! dit-il comme s'il s'agissait d'un vieil ami disparu, ce brave pot-au-feu ! »

La nostalgie de leur cuisine chez les Français à l'étranger m'a toujours frappé. Est-ce parce que les Anglais ne sauraient souffrir d'une telle mélancolie qu'ils sont à même de coloniser le monde et de s'établir partout sans regret ? Peut-être....

---

1. En français dans le texte.

***

Machine à comparer devant les monuments ou les mets, l'infatigable Français se transforme en machine à calculer dans les hôtels et les magasins. Mme Taupin a une façon de se servir de son mari comme table de conversion qui me laisse songeur. Je conserve intact le souvenir de certains après-midi spécialement consacrés à la chaussure dans les rues de Saint-Sébastien.

« 295 *pésètes*, chéri, ça fait quoi ? »

Chéri lui expliquait qu'il fallait multiplier par neuf ou par dix selon le cours :

« Environ trois mille francs....

— Quand je pense, estimait Mme Taupin, que les mêmes à Paris coûteraient le double... au moins ! »

Ils entraient. Achetaient. Puis rencontraient d'autres Français qui avaient trouvé la même chose pour moitié prix (dans le Sud). Fait étrange : plus l'article plaisait à Mme Taupin, plus le taux de la monnaie, ajusté par ses soins, était avantageux ; pour certaine paire de mules, je vis le cours de la peseta descendre jusqu'à 7,50, ce qui était, cet été-là, inespéré. En revanche, M. Taupin eut moins de chance à Bilbao avec un trench-coat à sa convenance, sinon au goût de madame, et qui fit brusquement monter le cours de la peseta à 12 francs.

« Je ne veux pas t'empêcher, Tounet, mais enfin c'est une plaisanterie : il y a les mêmes à Paris en mieux et plutôt moins cher.... »

**

Ayant comparé les basiliques aux cathédrales, les volcans aux puys, les rii aux canaux, les pesetas aux francs, le Français se découvre de nouvelles ressources pour se comparer avec les autochtones. Il regarde le monde d'un œil amusé, souvent indulgent, volontiers critique, d'autant plus moqueur que la devise du pays est moins forte. A vrai dire, rien ne lui paraît très sérieux : les Américains sont de grands enfants, les Anglais des joueurs de golf, les Italiens des mangeurs de pâtes, les Espagnols des toreros, les Sud-Américains des estivants à perpétuité. Au fond, il se pose toujours la question : « Comment peut-on être Persan ? »

L'Anglais, lui, ne se demande pas la même chose, du moins pas de cette façon. Il a appris une fois pour toutes que le monde comprend les Anglais et diverses peuplades. Dans un univers qui se malaxe de plus en plus, où l'on trouve des Français aux Coco et des Canaques à Stockholm, l'Anglais reste Anglais et ne se mélange à rien. Trente kilomètres de mer et un rempart historique fait de coutumes et de costumes maintiennent son île à l'abri de toute contamination. Lui-même, aussi peu sujet au rhume de cerveau qu'à l'émotion, invariable comme son article, traverse la planète telle une petite Grande-Bretagne en mouvement, à la fois inaccessible et proche comme son île. Il est *very much interested* par les mœurs de tous ces *peoples* souvent si *funny, aren't they ?...*, et il les considère d'un œil d'explorateur en mission chez les Zoulous, allant jusqu'à les toucher à l'occasion du bout de son *stick* ou de son ombrelle. De temps en temps, il est *most surprised* de voir parmi ces individus quelqu'un qui a l'air d'un vrai gentleman. Mais, au lieu de se demander comment cet homme peut être Persan, il se dit : « Quelle *pity* qu'il ne soit pas *British!* »

Un écran magique lui apporte du monde extérieur une vision indirecte et aseptisée ; un waterproof invisible le protège de toute souillure extérieure : il sort intact des ruelles de Naples comme des foules du Brahmapoutre. Dès la frontière franchie, un Français se sent tenu de justifier sa réputation de Don Juan au capital de deux mille ans de séduction. Il veut aimer, il veut qu'on l'aime. Généreux dispensateur du Rayonnement bien connu et des principes de 1789, il va chercher l'aventure jusque dans les quartiers malais ou noirs. L'Anglais, plus réservé encore que ces quartiers, se hâte vers le tea-room ou le Cercle britannique. A Bombay comme à Caracas, à La Havane comme à Lucerne, partout il prend appui sur ses points cardinaux : bacon, thé, club, whisky. La nuit venue, avec l'aide du Tout-Puissant, il s'endormira en pays *alien*. Il sait qu'à la moindre alerte il peut compter sur sa qualité de *British subject* comme jadis le Romain sur le privilège de son état : *civis Britannicus sum*. Son tragique mémento de poche l'en assure à l'article *Police, complaints* : « *On m'a volé mon portefeuille! (mon sac de voyage!... mon manteau!...) ... Au voleur.... Au feu.... Au secours.... Chauffeur, au Consulat de Grande-Bretagne!* » On comprend aussitôt que le Foreign Office, Scotland Yard et l'Intelligence Service vont être sur les dents. Pour peu que l'affaire se gâte et dégénère en émeute, on apprendra que le H. M. S. *Revenge*, cinglant vers Aden, apporte protection à Mr. Smith.

*
* *

Est-ce parce que M. Taupin ne se sent pas aussi sûr de ses consuls et de leur pouvoir ?

Alors que je déteste m'embarrasser de papiers, il adore partir avec des *lettres de recommandation* [1]. Acquises au prix de multiples démarches, ces missives, filiales étrangères du piston métropolitain, avertissent le duc de Rovedrego, l'alcade de Grenade ou le Commendatore Ruspolo di Ruspoli que M. Taupin fait un voyage d'agrément. Il s'agit, bien entendu, de gens considérables qui, disposant de plusieurs résidences, châteaux et gentilhommières, sont toujours ailleurs. N'importe ! avec ces damnées lettres qui ne touchent pas leurs destinataires, même quand ils les reçoivent, M. Taupin se sent plus tranquille : « On ne sait jamais [2].... »

Ainsi voyage M. Taupin.... Il serait plus exact de dire : la France. Car c'est toute la France que M. Taupin exporte avec lui. Un Anglais, convaincu de la supériorité évidente de la Grande-Bretagne, se contente de la faire sentir (parfois désagréablement). Convaincu, lui aussi, de la supériorité de son pays, le Français extériorise la France : il est la France

---

1. En français dans le texte.
2. A la vérité, il arrive que l'un de ces grands personnages soit touché, au sens postal et affectif du terme, par la lettre. Certaines fois, même, il retient son hôte à déjeuner, à dîner et entre les repas, de telle sorte que M. Taupin, reçu comme on n'a pas idée de recevoir à Paris, ne peut plus rien voir du pays, ce qui est *too bad*. *(Note du Major.)*

spirituelle, la France galante, la France de la liberté. Vercingétorix et Christian Dior, Pascal et la rue de la Paix : c'est lui. Lui qui, *at home*, dénigre ses Corps constitués au moindre prétexte, lui qui, à Paris, fera un succès beaucoup plus considérable à un roman policier s'il est signé W. A. Thorndyke que J. Dupont [1], le voici qui défend la France, ses artistes, ses inventeurs, avec la foi d'un Croisé. Qui songerait du reste à l'attaquer ? Directeurs d'hôtels et patrons de restaurants viennent vers lui respirer un peu d'air parisien [2], et M. Taupin les accueille sur son territoire ambulant avec une bonhomie satisfaite. Le restaurateur dit : « Ah !... la France ! » et M. Taupin fait : « Ah !... » Puis son interlocuteur s'écrie : « Ah ! Paris ! » et M. Taupin répond : « Ah !... » Le dialogue se poursuit ainsi de *ah!* en *ah!* Le monde fond : il ne reste plus que Paris.

« Il n'y a encore rien de tel, allez !... dit M. Taupin.

— J'ai habité, précise l'Italien, *Rua des Chiseaux*....

— Ah ! soupire M. Taupin, cette bonne rue

---

[1]. M. Daninos m'a confié qu'il « perçait » beaucoup plus rapidement comme simple traducteur de W. Marmaduke Thompson que sous sa seule signature. *(Note du Major.)*
[2]. A l'étranger, tous les Français sont de Paris. *(Affirmation du Major.)*

des Ciseaux ! (C'est la première fois — il me l'avouera ensuite — qu'il en entend parler....)

— *La Torre di Aïffel!*...
— Ah ! la tour Eiffel !...
— Les Folies-Bergère !... »

Seconde pathétique, où M. Taupin et le restaurateur, après un *ah!* plus gaillard, échangent un clin d'œil....

Généreux et chevaleresque, M. Taupin conclut en chantant : « Tout homme a deux patries : la sienne et puis la France.... »

Que l'étranger, pourtant, demeure sur ses gardes si, prenant le dicton à la lettre, il se fait un jour naturaliser. On pourrait lui rappeler assez vite que sa seconde patrie n'est pas la première et que, s'il n'est pas content....

... Après tout, la France aux Français !

XII

40 MILLIONS DE SPORTIFS

IL EXISTE plusieurs belles époques pour visiter la France, mais il en est une qui risque de fausser votre jugement : celle qui s'étend environ du 1er au 25 juillet. L'un de mes premiers voyages en France se situa pendant cette période. Venant de Gibraltar, j'avais traversé les Pyrénées et poursuivais ma route vers Paris lorsque, à un croisement, deux gendarmes arrêtèrent ma course.

« On ne passe pas ! » me dirent-ils.

Ayant encore, à cette époque, l'habitude anglaise de ne jamais poser de questions, j'obtempérai sans demander pourquoi. La vue d'un grand déploiement de forces policières m'incita d'abord à penser que l'on était sur le point de cerner un bandit de grand chemin. Cependant, apercevant sur la Nationale un nombreux public qui conversait joyeusement avec la maréchaussée, j'en déduisis que l'événement était moins dramatique. Une colonne de blindés à l'arrêt de l'autre côté de la route, sur un chemin de traverse, me fit croire un instant à un défilé militaire. Mais non : car, bientôt, j'entendis le capitaine de gendarmerie dire au jeune lieutenant qui commandait les chars et manifestait son impatience en se donnant de petits coups de badine sur les bottes (ses hommes paraissaient beaucoup moins fâchés) :

« Manœuvres ou pas manœuvres, on ne passe pas ! »

Il était clair, en somme, que personne ne passerait, ni les Français avec leurs blindés, ni le major Thompson avec sa torpédo, ni même ce monsieur qui, ayant extrait son importance d'une très importante voiture, le classique coupe-file à la main, obtint pour toute réponse ce : « Faites comme les autres, attendez ! » que je devais par la suite entendre souvent. Je conclus de ces prémisses que tout trafic était interrompu pour laisser la voie libre au Président de la République et à sa suite, lorsqu'un cri jaillit des poitrines :

« Les voilà ! »

Ce singulier pluriel me fit un instant supposer que le chef de l'État allait apparaître avec mes Très Gracieux Souverains, alors en France. Quelle ne fut donc pas ma surprise de voir surgir, en fait de Gracieuses Majestés, deux individus mâles se dandinant sans grâce sur leur bicyclette, curieusement vêtus de boyaux et de maillots aux couleurs criardes, à peine culottés, pour ainsi dire nus, crottés et, dans l'ensemble, assez choquants à voir. On voulut bien m'expliquer — sans que j'aie rien demandé — que ces gens, faisant le tour de France à bicyclette, gagnaient Paris le plus vite possible par les voies les moins rapides, ce qui me parut étrange. Mais, après tout, ce sont là des choses au sujet desquelles un Anglais, ne s'étonnant de rien, n'a pas à manifester de surprise déplacée. De temps en temps, à Londres, un citoyen, soit par caprice, soit par amour du sport, traverse Piccadilly en blazer rouge et culotte blanche, mais il serait du dernier mauvais goût de se retourner sur lui. Chacun est libre d'agir et de se vêtir à sa guise, sans crainte d'être remarqué, dans un pays où le bon ton commande de voir les gens sans les regarder.

Ce qui me stupéfiait, en l'occurrence, ce n'était pas tant la tenue négligée de ces messieurs, mais le fait que la circulation fût paralysée pour eux par les soins de la police. Pour eux et pour un cortège de camions appartenant à des firmes de pâtes ou d'apéritifs qui, à première vue, n'avaient rien à faire dans

« Manœuvres ou pas man

vous ne passerez pas ! »

l'histoire, mais y étaient, renseignement pris, tout à fait liées. Je sais qu'il existe un Tour d'Angleterre du même genre, mais si peu semblable ! D'abord nos coureurs, loin d'interrompre la circulation, la suivent : ils s'arrêtent aux feux rouges, *comme tout le monde*[1]; il s'agit d'amateurs qui, à l'abri des combinaisons publicitaires, se doublent en s'excusant et quittent leur vélo pour le thé ; enfin ces jeunes gens, auxquels personne ne prête attention, sont correctement habillés [2].

*
* *

Je n'arrivai à Paris que fort tard dans la nuit. La situation au Bengale, où j'avais dû — pour des raisons trop longues à exposer ici et qui, du reste, ne regardent personne — laisser Ursula, me préoccupait. En effet, l'émeute grondait à Calcutta, la police avait dû ouvrir le feu sur la foule et il y avait eu *eventually* deux cents

---

1. En français dans le texte.
2. Le Major tient à souligner à ce propos que les shorts anglais, s'ils veulent dire " courts ", n'en sont pas moins longs. Quand la culotte d'un rugbyman a été déchirée au cours d'une mêlée et doit être remplacée sur-le-champ, le joueur est aussitôt entouré par ses coéquipiers suivant une technique très ajustée qui ne laisse aucune faille par où pourraient plonger des regards indiscrets. Chez les Français, au contraire, la technique de l' « entourage », beaucoup plus lâche, constitue — selon le Major — une invitation à voir davantage. *(Note du Traducteur.)*

morts. Cela je le savais déjà à Gibraltar [1]. Mais je voulais savoir plus. J'achetai donc la dernière édition, et même *toute dernière spéciale* d'un journal du soir où un titre étalé sur huit colonnes annonçait :

GARRALDI ET BIQUET ENSEMBLE DEVANT LES
JUGES DE PAIX

Pensant qu'un grand procès arrivait à son dénouement, je m'apprêtais à lire les débats à l'ombre d'un alléchant sous-titre : *Le démon florentin trahi par ses domestiques*, lorsque mon œil fut attiré par une coupe transversale des Pyrénées qui s'étendaient au sud du journal. J'appris un peu plus tard que Garraldi et Biquet étaient les héros du Tour de France ; par « juges de paix », il fallait entendre — suivant une de ces métaphores dont sont friands les chroniqueurs sportifs français — le Tourmalet et l'Aubisque ; le *démon* était le « maillot jaune », et les *domestiques*, ses coéquipiers. Quant aux deux cents morts de Calcutta, ils étaient enterrés en quatre lignes sous le mont Perdu.

Je ne saurais donc trop recommander à mes honorables compatriotes, si du moins ils

---

[1]. Traduction littérale de « *I had already heard that in Gibraltar* ». *(Note du Traducteur.)*

veulent être renseignés sur les événements du monde en général et de l'Empire en particulier, de ne pas venir en France au mois de juillet sous peine de voir le Commonwealth soumis à la loi humiliante du *grand braquet*[1].

Quelques jours plus tard, comme je parlais du Tour de France à mon ami le colonel Turlot et lui confiais que je n'entendais rien à toute cette affaire, il risposta en me révélant qu'après avoir essayé à trois reprises de comprendre

[1]. Un débat passionné s'est ouvert à cet instant entre le Major et son collaborateur français, celui-ci rappelant qu'un jour, de passage à Londres et préoccupé par la situation internationale, il avait été alarmé par le titre d'un journal qui la résumait en ces termes :

ENGLAND DESPERATE POSITION

... c'est-à-dire : *L'Angleterre dans une situation désespérée.* Un sous-titre lumineux : « *In spite of 6-3, be proud of old England!* (Malgré le 6-3, soyez fiers de la vieille Angleterre) », éclairait singulièrement la question. Le collaborateur du Major pensait que de graves décisions étaient annoncées lorsque son regard fut attiré par le petit carré réservé à la dernière heure où il put lire :

TEST SCORES
ENGLAND : FIRST INNINGS 435, HUTTON 169. COMPTON 64
RAMADIN 6-113, ATKINSON 3-78. FALL
OF WICKETS : 1-1, 2-12, 3-16, ETC.

... ce qui expliquait tout.

Renseignements pris, la situation désespérée était celle de l'Angleterre en football où, pour la première fois depuis quatre-vingt-dix ans, elle avait subi la défaite contre la Hongrie (6 à 3).

Quant à la dernière heure, c'était du cricket.

« Comment, dit le Major, pouvez-vous comparer un match historique, qui fut une humiliation nationale, à votre damnée course cycliste ? »

Le visage du Major s'étant empourpré de façon symptomatique et la ligne bleue de ses temporales composant le drapeau britannique des grands jours, l'adaptateur a préféré, par crainte d'éclatement, interrompre la discussion. *(Note du Traducteur.)*

quelque chose à un match de cricket il avait dû subir, chez un psychiatre londonien, une longue séance de relaxation. Et il ajouta :

« Savez-vous que des millions de sportifs suivent chaque jour la course avec enthousiasme, mon cher Thompsonne ?

— Voulez-vous dire, *my dear Tiourlott*, qu'ils suivent les coureurs à bicyclette ? »

Turlot me regarda en souriant comme si je voulais *joker*. Non : les «sportifs» dont il parlait luttaient bien chaque jour, mais seulement pour acheter la *toute dernière spéciale* ou avoir la meilleure place à l'arrivée.

Je découvrais là une nouvelle et fondamentale différence entre nos deux pays : les Anglais se disent sportifs lorsqu'ils font du sport. Les Français se disent sportifs lorsqu'ils en voient. Il y a donc, aussi pénible que la vérité puisse paraître à mes compatriotes, *plus de sportifs en France qu'en Angleterre*. On ne saurait d'ailleurs assurer que les Français ne font pas de sport lorsqu'ils sont simples spectateurs. Ne serait-ce qu'au cinéma, par exemple, surtout à l'époque du Tour de France. M. Charnelet y est venu plutôt pour se détendre. Et voilà que, dès les actualités, il est obligé d'enfourcher son vélo pour avaler 700 kilomètres de route (car, si les coureurs n'accomplissent qu'une étape à la fois, le spectateur, lui, doit en absorber cinq ou six, quelle que soit son envie de monter le Galibier ou de descendre le col d'Allos). M. Charnelet, auquel on n'a pas demandé son avis, roule donc dans l'*enfer des pavés du Nord*, crève aux environs de Longwy, dérape, repart décollé, embrasse une Alsacienne d'étape, gravit, malgré ses furoncles, les lacets traîtres du Ventoux et, finalement, suprême punition, traverse les étendues désolées de la Crau. Rien de plus accablant que la traversée forcée de la Crau dans un cinéma des Champs-Élysées vers 22 h 30. Le peloton s'égrène. Le peloton musarde. Le peloton peine. Le peloton se regroupe. Le peloton tricote.... On évalue à une quinzaine de millions les Français qui s'incorporent mentalement à ce peloton et se sentent un instant les jambes — que dis-je ! — les *bielles dorées* de Garraldi, le « dieu des cimes », ou le mollet rageur de Biquet, le *courageux petit Français* auquel le méchant sort fait toujours des misères, mais qui saura se surpasser à l'heure critique.

**
* **

Dans les stades, autour des rings et des courts, les Français ont une façon de gesticuler, de crier, de se démener et, en quelque sorte, de prendre de l'exercice qui contraste aussi fort avec le comportement d'un Anglais normal. Considérons un match de boxe, en France et en Angleterre. A première vue, il s'agit du même sport. En réalité, ce sont deux choses très différentes. Il en est de la boxe comme du reste : l'Angleterre a été le berceau du sport. La boxe, le tennis, le football, le golf sont tous des enfants anglais. Avec le temps, ils se sont émancipés, ils ont voyagé ; on leur a fait commettre des mésalliances. La pureté même de leur essence a été polluée : entre ces vieilles filles qui, pour voir les finales du tournoi de Wimbledon, passent la nuit sur leur pliant en analysant comme un point de tricot le *drop-shot* de Drobny ou le *backhand* de Rosewall, et certains jeunes écervelés du stade Roland-Garros qui qualifient les amorties de *carottes* et les lobs de *chandelles* (surtout si c'est l'étranger qui les fait), il y a une distance quasi stellaire. N'importe : quoi qu'en dise le colonel Turlot, l'ancêtre du sport demeure anglais [1]. Le noble art de

---

1. Le colonel Turlot, présent, a pris violemment à partie le Major et, se précipitant sur lui armé d'un Larousse, lui a porté un violent coup de dictionnaire.

« *Cricket*, a-t-il lu, enfiévré, *exercice favori des Anglais ; n'est en réalité qu'une modification de l'ancien jeu français de la crosse. S'écrit parfois, à la française, criquet....*

— *Ridiculous !* s'est écrié le Major.

— .... *Golf*, a poursuivi, très maître de lui, le Colonel : *a*

porter des coups et de les esquiver était déjà à l'honneur sous Guillaume le Conquérant alors que les Français pratiquaient tout juste la savate aux barrières de Paris. Or aujourd'hui, que se passe-t-il ? A Londres, le spectacle est sur le ring. A Paris, on se bat dans la salle. Chez nous, on entendrait voler une mouche. En France, on n'entendrait pas un avion. En Angleterre, où des gentlemen en smoking discutent gravement de la haute valeur de l'esquive, on respecte l'arbitre comme un dieu. En France, où seule l'attaque commande le respect, on discute l'arbitre, que dis-je ? on le conspue, on le vitupère : c'est un ennemi.

Enfin et surtout, tandis que les Français criblent le *toquard* de sarcasmes, les Anglais l'encouragent.

**

Ce respect du plus faible, cette préoccupation presque instinctive de lui *donner une*

fort probablement pour ancêtre un vieux jeu français, le mail....
— *Preposterous !* (Absurde !) a ricané le Major.
— ... *Tennis...,* a continué, imperturbable, le Colonel, *procède du vieux jeu français de la longue paume....*
— Tout le monde sait que le lawn-tennis a été inventé par mon honorable ancêtre major Wingfield en 1874 », s'est fâché tout rouge le Major qui, pour éviter le pire, est allé prendre le thé. Tea... », a-t-il souligné en claquant la porte. *(Note d'un témoin.)*

« *Formidable ce que quelques jours en Angleterre ont pu changer notre Jules!* »

chance dans un combat inégal sont des lois non écrites du Royaume auxquelles obéissent de façon analogue pêcheurs et chasseurs. Pour discréditer à jamais quelqu'un, un Anglais dira de lui : *He's shooting a sitting bird* — littéralement : « Il tire un oiseau assis. » Je suis effrayé à la pensée qu'en France la règle qui veut que l'on ne tue pas un volatile à pattes ne soit pas — me dit-on — toujours respectée, mais *of course* je n'en crois rien [1].

Le même culte de la difficulté guide l'Anglais à la pêche. Sur le Test, l'une des plus nobles rivières du Hampshire, il serait criminel de pêcher au couchant : à l'instant même où, la lumière baissant, la truite monte et devient plus « facile », le gentleman qui a passé sa journée à guetter le poisson dans une chaleur torride pliera bagage pour regagner Londres. Dois-je ajouter que se servir d'un ver comme appât est un affreux délit et que l'on regarde plutôt de travers les faux sportifs de la mouche mouillée [2] ?

Je ne doute pas que les sportsmen français soient guidés par un même souci d'équité. Ils sont pourtant si différents ! Quand un Anglais pêche le saumon de sa vie, il le fait natura-

---

[1]. Tournure de phrase assez hypocrite, le Major étant intimement persuadé du contraire. *(Note du Traducteur.)*
[2]. La mouche sèche est la seule admise. *(Note du Major.)*

liser. Le Français le mange (après s'être fait photographier avec sa prise). Si un Anglais pêche une truite d'une taille inavouable, il la remet à l'eau. Un Français est plutôt tenté de manger. Un Français mange toujours. Non pas tellement parce qu'il a faim. Mais — sans parler de cette peur du ridicule qui nous hante si peu et le travaille tellement s'il *revient bredouille*[1] — une distraction lui paraît d'autant plus sotte qu'elle ne sert pas à quelque chose.

Cette préoccupation utilitaire nous échappe. En fait, les Français répugnent à faire des choses qui ne soient pas utiles (je me suis laissé dire qu'ils faisaient plus facilement trois enfants que deux non par distraction, mais par souci des Allocations familiales). Un père fait apprendre l'anglais à son fils non pour la beauté de la langue (toujours relative aux yeux d'un Français), mais parce que *cela peut lui servir plus tard*[2]. Dans la famille Turlot, il y a par principe un fils qui apprend l'allemand *pour pouvoir être interprète pendant la guerre*.

A l'encontre des Français, les Anglais adorent faire des choses qui ne servent strictement à rien. Il n'y a guère qu'en amour où ils

---

1. En français dans le texte.
2. En français dans le texte. Le Major irrité par le doute que contient cette estimation n'a pas voulu la traduire. *(Note du Traducteur.)*

répugnent à faire des choses superflues comme *la cour* [1], voire l'amour même. Mais, dès qu'il s'agit d'entreprises sérieuses comme la pêche ou la chasse, le plus modeste d'entre eux se ruine volontiers en dépensant des trésors d'inutilité pour l'amour du sport.

Il y aurait encore beaucoup à ajouter sur le sport traité par les Anglais et maltraité par les Français. Et je m'aperçois qu'après avoir moi-même beaucoup écrit je n'ai encore rien dit sur le sport qui réunit en France le plus de pratiquants (deux millions contre deux cent mille boulistes). Je veux parler de l'automobile qui vaut à elle seule un développement spécial et mérite d'être étudiée dans un coin tranquille où l'on puisse méditer à son sujet sans risque d'être écrasé. Peut-être aurez-vous cette chance, à moins que vous ne lisiez entre les clous....

---

1. Discutables comme pêcheurs, les Français sont pourtant maîtres dans l'art de *noyer le poisson* lorsqu'ils font la cour et n'ont pas d'égaux pour arriver à leurs fins avec les femmes en leur parlant de Proust ou du cinémascope. *(Note du Major.)*

XIII

LA FRANCE AU VOLANT

Il faut se méfier des Français en général, mais sur la route en particulier.

Pour un Anglais qui arrive en France, il est indispensable de savoir d'abord qu'il existe deux sortes de Français : les à-pied et les en-voiture. Les à-pied exècrent les en-voiture, et les en-voiture terrorisent les à-pied, les premiers passant instantanément dans le camp des seconds si on leur met un volant entre les mains. (Il en est ainsi au théâtre avec les retardataires qui, après avoir dérangé douze personnes pour s'asseoir, sont les premiers à protester contre ceux qui ont le toupet d'arriver plus tard.)

Les Anglais conduisent plutôt mal, mais prudemment. Les Français conduisent plutôt bien, mais follement. La proportion des accidents est à peu près la même dans les deux pays. Mais je me sens plus tranquille avec des gens qui font mal des choses bien qu'avec ceux qui font bien de mauvaises choses.

Les Anglais (et les Américains) sont depuis longtemps convaincus que la voiture va moins vite que l'avion. Les Français (et la plupart des Latins) semblent encore vouloir prouver le contraire.

Il y a, au fond de beaucoup de Français, un Nuvolari qui sommeille et que réveille le simple contact du pied sur l'accélérateur. Le citoyen paisible qui vous a obligeamment invité à prendre place dans sa voiture peut se métamorphoser sous vos yeux en pilote démoniaque. Jérôme Charnelet, ce bon père de famille qui n'écraserait pas une mouche contre une vitre, est tout prêt à écraser un piéton au kilomètre pourvu qu'il se sente *dans son droit*. Au signal vert, il voit rouge. Rien ne l'arrête plus, pas même le jaune. Sur la route, cet homme, qui passe pour rangé, ne se range pas du tout. Ce n'est qu'à bout de ressources, et après avoir subi une klaxonnade nourrie, qu'il consentira, de mauvaise grâce, à abandonner le milieu de la chaussée. (Les Anglais tiennent leur gauche. La plupart des peuples leur droite. Les Français, eux, sont pour le milieu qui, cette fois, n'est pas le juste.)

Le seul fait d'être dépassé rend M. Charnelet d'une humeur exécrable. Il ne recouvre sa sérénité qu'en doublant un nouveau rival. Entre-temps, sa petite famille n'a qu'à bien se tenir. Malheur à Mme Charnelet si elle ne trouve pas dans la voiture, au commandement de son mari, la « Moitié de la France-Sud » (qu'il a oubliée, avec le porte-cartes, sur la cheminée du salon). Malheur à elle si elle ne répond pas dans l'instant à la question : « Avallon-Châlons, combien ? » — et même si elle y répond, car M. Charnelet, sadique au petit pied (sur l'accélérateur), savoure d'avance le plaisir qu'il aura à lui démontrer que son calcul est faux. Les enfants eux-mêmes sont dressés. « Quand votre père aura soif, vous boirez ! »

Surtout pas d'arrêt intempestif ! « Vous n'aviez, dit M. Charnelet, qu'à faire ça avant », et l'on souffre en silence pour honorer cette toute-puissante déesse du Français moyen : la Moyenne.

Quand un automobiliste anglais s'apprête à faire 300 miles en Angleterre, il pense à faire 300 miles.

Quand un Français monte dans sa voiture pour faire 600 kilomètres, il a l'esprit aux deux tiers occupé par sa moyenne, le dernier tiers étant rempli d'astérisques et de fourchettes. Je veux parler des sigles fameux de son cher « Michelin ». Son rêve, c'est, après avoir fait

90 de moyenne pendant trois heures, de trouver un restaurant ❌❌✪✪✪ si possible dans un site ★★★ et à proximité d'un 🛏️ (sérieux) pour vérification des bougies et vidange. L'Anglais se permettra tout juste de penser à prendre un bon 🍺 après avoir bu un bon *t*. Du moins, s'il reste en Angleterre. S'il vient en France, il devra avant tout s'efforcer de conduire du bon côté de la route, lequel est pour lui le mauvais.

*
**

Voilà bien le problème le plus délicat. En effet, les Français ont une façon de tenir leur dextre en glissant toujours vers la gauche qui rappelle étrangement leur penchant en politique, où les pires conservateurs ne veulent à aucun prix être dits « de droite ». C'est pourquoi un automobiliste anglais arrivant en France a parfois quelque peine à savoir où rouler. Il lui faudrait, en réalité, aller jusqu'au Kenya pour retrouver des gens normaux qui conduisent à gauche, calculent en miles, pèsent en livres *avoirdupois* et dont la température normale est $98°,4$[1]. En attendant, il doit s'accoutumer à cette zone monotone du système métrique, qui ne laisse aucune place à la glorieuse incertitude de nos vieilles

---

[1]. Fahrenheit, naturellement. *(Note du Major.)*

mesures : once, boisseau ou picotin. Un kilomètre reste tout bonnement mille mètres, alors que chez nous un mile vaut merveilleusement huit furlongs, un furlong deux cent vingt yards, un yard trois pieds, un pied douze pouces.... Le *pocket-book* du parfait voyageur remet, il est vrai, les choses en place en rappelant que, pour transformer les centigrades en fahrenheit, « *il suffit de multiplier par 9, diviser par 5 et ajouter 32 degrés* ». Quant à convertir les kilomètres en miles, c'est encore plus simple : « *Multipliez par 5 et divisez par 8*[1] ».

Lors d'un de mes premiers voyages en France, subissant les effets conjugués d'une mauvaise grippe et d'une mer plus mauvaise encore, je voulus m'arrêter un instant dans un hôtel de Calais pour y prendre ma température. Le thermomètre n'ayant indiqué que 40 et trois dixièmes, j'étais reparti confiant après avoir ouvert la capote de ma torpédo et roulais plaisamment, pare-brise baissé, lorsque je me rappelai être passé chez ces damnés Continentaux qui ne peuvent rien faire comme tout le monde. Je me mis aussitôt en devoir de convertir ma température continentale

---

1. Contrairement à ce que l'on pourrait croire, une fois encore le Major n'invente rien. Ces indications pratiques sont données par le *Traveller's Foreign Phrase Book*, mémento de J. O. Kettridge, F. S. A. A., à l'usage des Anglais, et dont il a été question page 155, note 1. *(Note du Traducteur.)*

en fahrenheit et les kilomètres en miles.

J'étais en train de multiplier 274 par 5, de diviser par 9 et d'ajouter 32 degrés à la distance Calais-Paris, lorsque la vue d'une automobile arrivant en sens inverse sur le même côté de la route que moi me fit soudain comprendre que, perdu dans mes calculs, j'avais oublié de tenir ma droite. Je me rabattis à temps sur le bon côté et freinai, tandis que mon vis-à-vis, s'arrêtant à ma hauteur, me criait à bout portant :

« Complètement cinglée, la guêpe, non ? Tu t' crois encore chez les rosbifs ? »

Puis, comme s'il prenait mon silence pour de l'incompréhension, l'homme, tout en démarrant, me regarda en se frappant le front de son index à petits coups rapides.

**

Ce geste, je devais vite l'apprendre, est un véritable rite.

Il m'est maintes fois arrivé, depuis cette époque, de prendre la route avec M. Taupin ou M. Charnelet et, pour des raisons souvent obscures, de les voir, au moment où ils dépassent un autre automobiliste, le fixer du regard en se frappant le front. Très souvent, le dépassé, pour un motif non moins mystérieux, rattrape M. Taupin et lui tient le même

« *Les Français au volant passent leur temps à se demander s'ils ne sont pas fous et trouvent aussitôt quelqu'un pour leur confirmer qu'ils le sont.* »

langage muet, mais en se servant cette fois de son index comme d'un tournevis sur sa tempe. J'en ai déduit que les Français passent leur temps sur la route à se demander s'ils ne sont pas fous et trouvent presque aussitôt quelqu'un pour leur confirmer qu'ils le sont.

Il est curieux de constater qu'un grand nombre de ces gens qui se battent volontiers à coups de Littré, et avancent dans la vie le long de la Seine à la moyenne académique de sept mots par semaine, abandonnent toute retenue de langage, de correction ou de prudence dès qu'ils se trouvent en voiture[1]. Les Français naissent syntactiques comme d'autres navigateurs ou mélomanes, mais ne semblent plus du tout se soucier de syntaxe dès l'intant où ils sont au volant. M. Taupin, qui dévore dans son journal la rubrique consacrée à la défense de la langue française et n'hésite pas à semoncer par lettre un journaliste s'il a écrit *partir à* au lieu de *partir pour*, fait alors une impressionnante consommation de *tête de lard* ou de *peau de fesse*.

[1]. On comprend dans ces conditions pourquoi les Français ont été si surpris par les excuses publiques qu'un automobiliste anglais repentant fit paraître il y a quelque temps dans les petites annonces du *Times* à l'adresse d'un de ses compatriotes pour lequel il avait eu un mot un peu vif. Un Français aurait plutôt cherché à rattraper son adversaire pour lui en dire davantage et essayer, par le truchement d'une « queue de poisson » savamment exécutée, de l'envoyer dans un platane. *(Note du Major.)*

Au pays de la mesure, on est toujours surpris de voir des gens perdre leur contrôle. Mais qu'ils le perdent avec un volant dans les mains peut être lourd de conséquences. Au moins doit-on leur rendre cette justice : ils s'annoncent en général de loin. La règle d'or des automobilistes anglais est de passer inaperçus. Un Français cherchera plutôt à étonner tout le monde sur la route jusqu'à temps qu'il n'aperçoive plus personne. Pour y parvenir, il fera le plus de bruit possible. La plupart des automobiles du monde marchent à l'essence. Les autos françaises marchent au klaxon. Surtout quand elles sont arrêtées [1].

*
* *

On pourrait croire que l'appétit de vitesse du Français est fonction de la puissance de sa

---

1. Allusion non déguisée aux encombrements parisiens. Pour les Anglais, klaxonner c'est émettre un bruit inconvenant. L'avertisseur, dont l'usage en France est une obligation ou un passe-temps, ne saurait être employé en Angleterre qu'*in case of emergency*. Je me trouvais un jour à Londres dans l'*Austin of England* du Major lorsque l'envie me prit de fumer. Par mégarde, au lieu d'appuyer sur l'allume-cigarettes, je déclenchai l'avertisseur. Aussitôt dix paires d'yeux (sans compter celle du Major) me foudroyèrent. Je serais volontiers rentré sous le capot.
Sur la route, le conducteur anglais, sacrifiant la sécurité à la politesse, ne quitte guère son rétroviseur des yeux. S'il aperçoit une voiture prête à le doubler, il lui fait signe de passer dès que la voie est libre. Nul besoin de klaxon. Il y a évidemment aussi les voitures qui viennent en sens inverse dans les tournants. Mais on préférerait mourir plutôt que de klaxonner. On meurt donc très souvent ainsi. *(Note du Traducteur.)*

voiture. Erreur. Plus la voiture est petite, plus l'homme veut aller vite. En ce royaume du paradoxe, les automobiles les moins dangereuses sont les plus puissantes, leurs conducteurs, blasés, étant les seuls qui se paient le luxe de rouler plutôt « en dedans de leur possibilités » et d'aller plus vite que tout le monde *sans pousser* [1].

Quant aux Françaises, il faut leur rendre cette justice : elles conduisent plus lentement que les hommes. Un Anglais pourrait donc, en toute logique, se croire plus en sécurité avec elles. Nouvelle erreur. Dans un pays où tout le monde va vite, cette lenteur constitue le plus terrible des dangers. Si l'on y ajoute un certain « flou » dans l'allure, et ce charmant esprit d'indécision grâce auquel on peut déduire de l'allumage d'un *clignotant* gauche qu'une conductrice va tourner à droite (encore n'est-ce pas tout à fait sûr), on concevra que rien n'est plus risqué que d'être piloté par une femme.

Il existe cependant un super-danger dans ce pays, où, comme dans beaucoup d'autres, tant de femmes ne savent ni conduire ni fumer : ce sont celles qui conduisent en fumant.

Le plus sûr, si par malheur ce souriant fléau vous menace sur la route, est de se faire arrêter à la ville la plus proche et de prendre le train

[1]. En français dans le texte.

XIV

LES BEAUX DIMANCHES

Il n'est pas interdit de penser que, si l'Angleterre n'a pas été envahie depuis 1066, c'est que les étrangers redoutent d'avoir à y passer un dimanche.

Mais il est permis — si l'on compare le dimanche anglais qui vous contraint à l'ennui au dimanche français qui vous oblige à l'amusement — de se demander quel est celui des deux qui est, en définitive, le plus dur à passer.

Beaucoup de Français s'interrogent toute la semaine sur ce qu'ils feront le dimanche. Très souvent le dimanche arrive sans qu'ils aient répondu à la question. Du moins en est-il ainsi avec les Taupin ou les Robillard, qui m'ont maintes fois avoué :

« Que voulez-vous, le dimanche, on ne sait pas quoi faire.... »

C'est là un genre d'hésitation dont ils ne souffriraient certes pas en Angleterre, où il n'y a guère autre chose à faire le dimanche que de penser à ce que l'on fera dans la semaine.

A dire vrai, je ne connais peut-être rien de plus accablé, ni de plus accablant à voir, que la tête dominicale de M. Robillard s'amusant à pousser lui-même le dernier-né dans son landau le long des Champs-Élysées, distribuant une taloche à l'aîné parce qu'il a traversé tout seul, attrapant la petite parce qu'elle ne voulait pas traverser du tout, demandant à madame, alléchée par les devantures : « Tu avances, oui ou non ? » enfin pénétrant dans le Bois au milieu d'un flot de promeneurs dont la tête ressemble curieusement — j'allais écrire furieusement... — à la sienne. Tout ce monde qui marche, marche jusqu'à un certain point où il s'arrête, s'assoit et commence à regarder le monde qui marche vers d'autres points, tandis que le monde qui roule regarde le monde assis le regarder passer.

Le dimanche, la moitié de la France regarde l'autre.

Les Parisiens en tenue de campagne rendent visite aux campagnards déguisés en tenue de ville. Les premiers s'étonnent de voir tant de drap noir et de cols blancs parmi les vaches et la luzerne ; les seconds considèrent avec quelque méfiance ces faux Anglais en vestes de tweed et sans cravate....

"*Mon rêve*" ou le rêve de beaucoup de Français....
«... *Ces gens qui chantent la grâce de leur campagne, mais lui font les pires injures meulières... qui sont sous le charme lorsqu'on leur parle de leur grandeur, de leur grand pays... — mais dont le rêve est de se retirer dans un petit coin tranquille avec une petite femme qui leur* **mitonnera de bons petits plats**....»

A la fin des belles journées, les en-voiture, retour de la campagne, regardent avec quelque mépris les à-pied qui ont dû se contenter de l'air du Bois, lesquels sourient goguenards devant la file des autos agglutinées en se demandant s'il ne faut pas être un peu-oui, pour aller faire la queue sur l'autoroute. Cependant la foule des « sportifs » — ceux des hippodromes qui ne comprennent pas comment on peut passer son dimanche à voir des gens taper sur un ballon et ceux des stades qui se demandent comment on peut avoir plaisir à confier son argent à des chevaux — s'allient un instant pour unir dans un même mépris leurs concitoyens qui perdent leur temps sur la route ou dans les avenues.

En été, assis sur des chaises cannées extraites de leurs loges, les concierges attendent, commentent, et pointent les retours.

Quelques individualistes, par esprit de contradiction autant que par goût profond, décident ce jour-là de rester chez eux pour taper sur des clous, ranger les choses qu'ils dérangent, ou s'adonner au sport national du bricolage qui consiste essentiellement à fabriquer avec de vieux débris, et au prix d'un labeur acharné, des articles que l'on trouve tout neufs et à bon compte dans le commerce courant. (Le bricolage constitue en France une activité trop importante pour ne pas mériter un développement spécial : je vais y revenir.) Ces partisans du dimanche-à-la-maison rejoignent dans une certaine mesure la masse des citoyens britanniques, plutôt occupés à embellir leur jardin, à dévorer le compte rendu des affaires de divorce dans les épais journaux dominicaux, ou à déjeuner aussi mal mais un peu plus.

Pour le reste, quel contraste, une fois encore, entre ces deux peuples !

***

Dans son insondable caprice le Créateur nous aura faits à l'opposé de nos voisins jusqu'à la dernière seconde du septième jour.

La France et l'Angleterre ont l'une comme l'autre deux visages : celui de la semaine et celui du dimanche ; mais la première montre le sien pendant que la seconde le cache.

Le dimanche, le Français soigne sa mise. L'Anglais la néglige : tandis que son voisin *s'habille*[1], lui a plutôt tendance à se déshabiller[2]. Ce jour-là les Français se rasent de plus près. Les Anglais... non... il n'y a pas

---

1. En français dans le texte.
2. Sauf pour aller à l'église, du moins s'il y va. Le plus souvent, dans les petites villes surtout, l'Anglais ne va pas tant à l'église pour y aller que pour voir qui n'y est pas. *(Note du Major.)*

deux façons de se raser pour un Anglais, quoiqu'il ait, après tout, une manière bien à lui de se raser le dimanche[1].

Tandis que mes compatriotes traversent *at home* cette journée d'immobilisme dans ce qu'ils ont de plus stoppé, laissant seuls quelques nouveaux riches sans éducation s'habiller correctement, les Français sortent de chez eux repeints pour se produire dans leurs plus beaux atours : le *costume du dimanche*[2]. Il ne saurait être question de *costume du dimanche* pour un Anglais si ce n'est un Anglais sans relations ni pudeur, c'est-à-dire rare.

Le fin du fin pour un Français est d'être *tiré à quatre épingles*, expression qui ne possède pas plus que *s'endimancher* d'équivalent exact dans la langue de Shakespeare[3]. Face à l'Anglais qui conserve un côté sport en *smoking*[4], le Français garde un certain apprêt en tenue sport, et bien souvent, en pantalons de golf, n'a pas l'air tout à fait vrai. A l'image des « bleus » que l'on distingue en un clin

---

1. Le traducteur a demandé au Major s'il employait ce verbe au propre ou au figuré, mais le Major, souriant, n'a pas cru devoir préciser sa pensée. *(Note du Traducteur.)*

2. En français dans le texte.

3. Les expressions *dressed up to the nines*, difficilement traduisible, ou *just stepped out of a bandbox* (« tout frais sorti d'un carton ») sont plutôt péjoratives. *(Note du Major.)*

4. Je veux dire, naturellement, *dinner jacket*, mais il faut bien, en France, écrire l'anglais comme les Français. *(Note du Major.)*

d'œil des « anciens » parce qu'ils n'ont pas assimilé l'uniforme — serait-il insuffisamment culotté ?

Après tout, il faut savoir ce que l'on est avant ce que l'on veut être. Nous jouions déjà au golf depuis cinq cents ans quand en 1635 l'Académie française fut fondée. N'est-ce pas tout à l'honneur et à l'avantage des Français que d'avoir l'air plus naturel en académiciens qu'en knickerbockers ?

*
* *

A l'encontre de son voisin de planète, qui aime briller comme un sou neuf, l'Anglais a le neuf en horreur et le considère plutôt comme de la fausse monnaie. Pour lui, le vrai chic est inséparable d'une certaine patine qui peut aller jusqu'à l'accroc volontaire. Naguère, à l'époque où les Français donnaient leurs vieux habits à leurs serviteurs pour que ceux-ci les finissent, les *dandies* faisaient porter leurs vêtements neufs par leurs *butlers* pour qu'ils les commencent. Aujourd'hui les *boys of Belgravia*[1] portent leurs complets neufs en cachette jusqu'à ce qu'ils soient sortables. De son côté,

---

1. Mot forgé par le Major et désignant le pays qui s'étend autour de Belgrave Square, un des quartiers les plus huppés de Londres. *(Note du Traducteur.)*

le Français usera ses *vieilles affaires* jusqu'à la corde, gardant pour le dimanche son costume neuf.

La manière des Anglais qui vivent six jours par semaine et se laissent mourir chaque dimanche peut surprendre l'étranger, mais celle de nombreux Français qui font alterner le régime-apparat et le régime-veilleuse n'est pas moins étonnante.

Ce souci de préserver les choses neuves et de n'en profiter — moins pour lui que pour les autres — qu'à la dernière extrémité (celle de la semaine en l'occurrence) est sans doute un des traits caractéristiques du Français, qui craindrait peut-être de se rouiller s'il ne se passait hebdomadairement au minium.

Ma visite chez les Turlot allait me révéler d'autres aspects du prévoyant et soigneux Français.

XV

LES DIABOLIQUES INVENTIONS DES FRANÇAIS

LORSQUE j'arrivai pour la première fois à Saumur chez mes amis Turlot, un jour d'été, leur maison de la rue Dacier paraissait morte derrière ses volets clos. La bonne qui m'avait ouvert la porte me fit d'abord chausser d'étranges patins de feutre peut-être destinés à préserver le parquet mais plus encore à vous faire perdre l'équilibre ; puis elle me conduisit dans un salon assez vaste imprégné d'une odeur de moisissure et de cretonne. Quoique le soleil filtrât par les lames des persiennes, mes yeux durent s'habituer à la semi-obscurité avant de percer le mystère qui m'entourait : partout des formes blanches. On devinait, plus que l'on ne voyait, plusieurs fauteuils, un sofa, un piano à queue, un bahut et quelque chose comme une harpe, mais tous ces supposés objets étaient recouverts de housses. Aux murs étaient accrochés de nombreux tableaux, mais il était difficile de savoir ce qu'ils représentaient — non que leur école fût particulièrement surréaliste, mais parce qu'ils étaient recouverts de papier journal. La seule chose qui paraissait animée de mouvement était une pendule. Encore son tic-tac vous venait-il de sous une enveloppe blanche qu'un Amour de bronze avait percée de sa flèche. Dans un angle, au-dessus d'une console, deux sabres de cavalerie étaient entre-croisés, tous deux à l'abri dans leurs gaines de toile jaune. J'arrivais mal, sans doute : les Turlot déménageaient. Ou bien ils avaient eu des revers de fortune : ils vendaient, on allait emmener le mobilier.

L'apparition d'une housse grise d'où émergeait la tête du colonel mit fin à mes suppositions pessimistes :

« Excusez-moi, mon cher Major, je bricolais. »

Je me suis longtemps demandé en quoi consistait exactement le bricolage du colonel Turlot. A plusieurs reprises, par la suite, je devais pénétrer dans ce que le colonel appelle son « labo » et le voir affairé devant un curieux appareil à oscillations et une sorte de condensateur sans deviner toutefois à quel secret essai de fabrication il se livrait. Je crois pouvoir aujourd'hui assurer que la pièce maîtresse à laquelle il travaille depuis sept ans est un poste de radio, monté de toutes pièces par ses soins, qui lui a coûté plus de 40 000 francs et lui permet d'entendre, par beau temps, les programmes du Massif Central. Il pourrait entendre le monde entier avec le même poste vendu couramment 22 700 francs dans tous les magasins spécialisés, mais il n'y a qu'un borné d'Anglais pour ne pas saisir la nuance.

*
* *

Le bricolage du colonel Turlot est du type artisanal, sans doute le plus répandu, mais il existe également un bricolage de luxe. C'est celui auquel se livre M. Charnelet sur sa voiture. Dès qu'il a acheté une voiture, M. Charnelet n'a qu'une hâte : la transformer afin de la rendre *moins série*. Aidé par d'innombrables marchands qui lui vendent chacun un petit quelque chose — clignotant, catadioptre ou banane — en lui disant : « *Avec ça, vous n'aurez pas la voiture de tout le monde*[1] », M. Charnelet

---

1. Excellent « support » de publicité et argument-massue de vente dans ce pays où l'on ne cesse de vous dire : « Faites comme tout le monde » en vous persuadant finalement de n'agir comme personne. En France, les gens ont horreur de se faire remarquer par crainte panique du ridicule, mais font tout pour ne pas passer inaperçus. La crainte du ridicule les freine (elle ne saurait envahir un Anglais puisque, étant Anglais, il ne peut être ridicule), mais le désir de montrer leur personnalité les éperonne. *(Note du Major.)*

adorne son véhicule de toutes sortes d'accessoires jusqu'à le rendre, avec le changement de calandre, méconnaissable. Le dimanche de bon matin, parfois en semaine entre les heures de bureau, il s'enferme seul avec sa voiture dans le Bois de Boulogne, sort sa « nénette », astique ses chromes, lisse sa peinture, ennuyé mais ravi lorsqu'un flâneur vient rôder alentour pour demander finalement confirmation de la marque.

A côté de ce bricolage de luxe, le bricolage courant, quotidien même, est plus captivant encore à étudier, car il fait partie intégrante de la vie de l'individu. Parmi ses manifestations typiques : le filtre, plus exactement le café filtre. Je me suis longtemps demandé pourquoi le Français, qui pourrait avoir devant lui, tout prêt, et chaud, le meilleur café du monde, préfère le voir passer au compte-gouttes à travers un mystérieux alambic et le boire finalement froid après s'être brûlé les doigts en essayant sans succès de régler le filtrage : je crois qu'il aime « bricoler » son café[1].

---

[1]. Il se passe un peu la même chose avec les livres. Il est bien évident qu'un éditeur anglais ou américain qui s'aviserait d'obliger les acheteurs d'un livre neuf à couper chaque cahier deux fois en hauteur et une fois en largeur ferait rapidement faillite. En France, au contraire, certains éditeurs voulant innover et présenter en librairie des livres coupés ont dû rapidement revenir à

« *Arrêt momentané.* »

Le filtre est une de ces trouvailles, une de ces inventions diaboliques des Français, parmi lesquelles on compte la minuterie (et ses concierges), les portillons à fermeture automatique, les ciseaux à mandats (ou les mandats à ciseaux), les commutateurs restrictifs des chambres d'hôtel (plafonnier sans veilleuse..., veilleuse sans plafonnier), et ces gémissantes cages, nacelles, cabines, à bord desquelles il est téméraire de s'engager sans avoir lu les INSTRUCTIONS POUR LA MANŒUVRE et qui, sous le nom d'ascenseurs, restent avec noblesse le seul moyen de locomotion du monde plus lent que les pieds.

Mais, entre toutes les inventions diaboliques des Français, il en est une qui mérite la palme. Je veux parler de ces lieux que les Français, amoureux du paradoxe, nomment *commodités* et qu'ils se sont ingéniés à rendre les plus malcommodes du monde[1] : ceux de Paris, d'abors, si intimement liés au téléphone dans

---

la vieille formule qui seule satisfait les *vrais lecteurs*. Aussi bien, mais dans une moindre mesure, certains *vrais fumeurs* (français) prétendent qu'il n'est de véritables cigarettes que celles que l'on fait soi-même et vous installent partout, avec autant d'adresse que de volupté, ces petites usines de poche qui rendraient fou un étranger. N'importe quel Français peut ainsi se payer le luxe de devenir en un clin d'œil chef d'entreprise. *(Note du Major.)*

1. Je n'oserais évidemment pas aborder un tel sujet en Angleterre (où bien d'autres insuffisances seraient à stigmatiser), mais, me trouvant au pays de Rabelais, je pense que je puis y aller.... **(Note du Major.)**

les *bistrots*[1] que l'on ne sait plus très bien parfois quel genre de communication on est venu établir. (La vue d'une soucoupe livide au centre de laquelle une pièce de vingt francs appelle désespérément sa sœur vous rappelle à l'occasion que vous êtes au Royaume du Pourboire.) Ceux de la campagne ensuite, cabanons exigus où l'on ne parvient qu'après avoir traversé un *no man's land* de ferraille et de volaille ; gouffres obscurs où l'on ne se maintient que par des prodiges d'équilibre et où il faut déployer des ruses de Sioux pour échapper à la vindicte aveugle d'un maelström qui, au titre de chasse d'eau, vous chasse par les pieds vers une porte conçue de telle sorte qu'au lieu d'ouvrir sur la lumière sèche elle vous repousse vers les ténèbres trempées.

*
* *

On voudra bien m'excuser si cette digression m'a amené à m'absenter un instant. Il le fallait. Je reviens donc à Saumur chez le colonel Turlot, ses housses et ses œuvres. Ayant recouvert d'une toile de camouflage, probablement subtilisée à quelque « surplus » allié, un des bizarres appareils de son « labo », le colonel

---

1. En français dans le texte.

retira sa housse de travail pour l'accrocher à un clou et, ayant extrait son oignon d'un étui de peau, s'cria :

« Diable ! déjà midi, vous n'avez pas vu la patronne ? »

Nous partîmes à sa recherche. Un instant je pensai que le colonel allait retirer sa femme d'une housse, lorsqu'une moitié de Mme Turlot m'apparut, émergeant d'un placard. Revêtue d'une blouse bleue et coiffée d'un fichu, elle rangeait dans une housse antimites un tailleur garni d'astrakan.

« La dernière folie de madame, dit le colonel. Bien sûr, elle ne le met jamais ici, sauf dans les grandes occasions.... C'est plutôt pour monter à Paris. »

Mme Turlot me pria de l'excuser : elle n'était pas présentable.... Elle allait passer une robe et s'apprêter pour le déjeuner. Mon arrivée, *I was sorry*, jetait visiblement une certaine perturbation dans la maison. En fait les Turlot, qui disposent d'une vaste demeure, s'apprêtaient à déjeuner dans leur cuisine, mais, en mon honneur, ils entreprirent de « déhousser » la salle à manger et ce fameux salon des fantômes où ils ne s'aventurent jamais tout seuls.

« On va déboucher une bonne bouteille pour vous, mon cher Major ! » dit le colonel, qui possède une cave bien fournie, mais boit chaque jour du vin rouge ordinaire.

*
* *

Il peut paraître dangereux de juger un pays sur sa mine, surtout lorsqu'il la dissimule sous une housse, et je ne doute pas que les Français en général fassent de la housse un usage moins systématique que les Turlot, mais, sans plus parler du colonel, je ne puis m'empêcher de penser que M. Taupin comme M. Charnelet n'ont qu'une hâte lorsqu'ils viennent d'acheter une voiture : en couvrir les sièges de housses qu'ils ôteront le jour de la revente *(état impecc)* pour les utiliser si possible sur leur nouvelle acquisition.

Je serais porté à croire, en définitive, que la housse est un symbole de l'esprit d'épargne, et même de privation, des Français. Ce peuple dont les habitants sont avides de propriété au point de dire : « *J'ai mes pauvres*[1] » et qui est peut-être, sur toute la terre, celui que la vie gâte le plus, observe un véritable culte

---

[1]. Expression à rapprocher du *Je donne toujours à l'Armée du Salut* prononcé à haute voix par M. Charnelet quand une salutiste en cabriolet bleu se présente au restaurant. Sans doute M. Charnelet tient-il à souligner son discernement dans sa façon de donner. Le contact direct d'un clochard, au restaurant surtout, le met mal à l'aise, mais l'uniforme de l'Armée des pauvres le rassure : il sait où va l'argent. *(Note du Major.)*

pour la privation — celle des sièges de voiture étant seulement l'une des plus répandues. Je sais un milliardaire qui a fait l'essentiel de sa réputation en prenant ses repas sur une table de bois blanc, en envoyant ses enfants à l'école communale, en voyageant en troisième, en ne coupant jamais une ficelle, et en disant aux collaborateurs qui viennent lui demander une augmentation : « Je ne sais pas comment vous faites pour dépenser tant. »

Au pays de l'abondance, la vraie richesse, la plus solide, se pare d'humilité : il n'y a que les gens sans fortune qui dépensent sans compter[1].

---

[1]. Il faut y ajouter quelques richissimes étrangers dont les folies, jugées raisonnables pour la restauration de Versailles, sont plus discutées s'il s'agit de fêtes nocturnes particulières. Fait étrange, pourtant : au royaume de la méfiance et du bas de laine, où la loi est de mettre de côté pour les mauvais jours et, si les mauvais jours arrivent, de continuer à mettre de côté pour les pires, il n'est rien de tel qu'un étranger pour faire sortir le bon argent de ses caches. On se méfie, par-dessus tout, des placements, mais, à intervalles réguliers, on apprend qu'un homme en *ski* ou en *vici*, plus fort que n'importe quel Dupont, a déterré les milliards et ravagé trois siècles d'épargne. « C'était loin... sans impôts... et personne n'en saurait rien », disent les dupes qui (toujours cette crainte du ridicule) se gardent de se faire connaître à l'heure des dédommagements, mais commencent à se priver cette fois tout de bon. *(Note du Major.)*

XVI

LE PAYS DU MIRACLE

LE MIRACLE est, avec la vigne, l'une des principales cultures de la France.

Positivistes, rationalistes ou voltairiens, les Français croient dur comme fer aux miracles. A l'instant où l'ennemi est aux portes de Paris, comme au moment où il ne reste plus qu'une minute à jouer contre l'Angleterre, à Colombes, ils s'en remettent volontiers à la Providence qui, on doit le dire, les a souvent gâtés.

Abonnée aux prodiges avec ses sœurs latines depuis sa plus tendre enfance, la France attire le miracle comme d'autres pays l'humidité. Que dis-je ! Elle l'adapte aux besoins de l'heure : à pied avec sainte Geneviève, à cheval avec Jeanne d'Arc, le miracle a été motorisé avec les taxis de la Marne. Il peut être, demain, atomique.

Parfois, à l'étranger, un homme d'État s'écrie : « Seul un miracle pourrait nous en sortir. » C'est la fin de tout. En France, cela peut être le commencement de beaucoup de choses. Le Français s'allume dans les ténèbres, il s'organise dans le chaos. Les choses possibles l'intéressent peu ; l'impossible le passionne. Au pays de la facilité, la difficulté l'inspire. Sa plante nationale, l'astuce, s'en repaît.

Le miracle suit le Français dans sa vie comme il accompagne la France dans l'Histoire. La première chose que les Français, gens cultivés avant de naître, apprennent à leurs enfants, c'est qu'ils ont été trouvés dans un chou (on reconnaît là leur tendance alimentaire et leur besoin de petits mots doux : caillou, chou, genou). Les parents font d'ailleurs tout pour que leur enfant devienne lui-même un enfant-miracle : élevés au contact de doctes demoiselles des Deux-Sèvres, d'oncles-gâteau et de vieillards philosophes, les enfants de France, *très avancés pour leur âge*[1], émettent des jugements d'octogénaires qui affoleraient des parents anglais mais ravissent leurs auteurs, tout heureux de les feuilleter en public comme des recueils de bons mots. De son côté, ouvertement ou en cachette, l'enfant observe le culte du miracle. Il n'apprend pas seulement Jeanne d'Arc, et

---

1. En français dans le texte.

LES AMÉRICAINS A PARIS : « *Oh !... Elmer, regarde.... Une statue d'Ingrid Bergman !* »

ces frontières naturelles que le Créateur dessina pour les Français alors qu'Il a laissé à tant d'autres le soin de les trouver eux-mêmes [1] ; il s'associe aux Tintins, Spirous et autres petits Rois du système D qui retrouvent leur chemin dans la forêt vierge, sauvent d'une mort certaine des explorateurs (anglais) et reviennent en France avec le secret de la bombe au curare et les félicitations de Scotland Yard.

Fertilisée par le limon du secondaire, l'astuce de l'écolier ne cessera plus de grandir, jusqu'au jour où elle lui permettra de réaliser le prodige commun à tous les Français, le fameux Miracle de la Balayette : dans une cour de caserne, sous l'œil vigilant d'un adjudant chef qui ne veut pas le savoir, faire surgir du néant un balai pour balayer du vent. Ce sont les petites Marnes de la paix. Le Français conservera jusqu'à la mort l'empreinte de cette scolastique qu'il transmettra à son fils en lui disant : « Tu verras quand tu feras ton service ! »

[1]. A ce point de vue comme à tant d'autres, la Grande-Bretagne est, bien entendu, un pays à part. Toutefois, je n'ai rien trouvé à opposer à la très étrange observation de M. Taupin qui m'a fait remarquer que les deux premières lettres du mot « FRANCE » étaient celles du mot « LIBERTÉ » en anglais (*freedom*), en allemand (*freiheit*), en suédois (*frihet*), en islandais (*frelsi*), sans parler d'autres langues, et qu'on pouvait voir là un signe d'ordre miraculeux. *(Note du Major.)*

A côté du lycée et de la caserne, les Grandes Écoles se chargent d'aiguiser et d'embellir l'astuce du Français qui en sort *(trapu)* comme d'une boîte à miracles : *il pige*... il « pige » ce que tant d'autres ne comprennent qu'après coup. Quelquefois, il s'expatrie. Il prépare alors le métro à Caracas ou les grenouilles à Adélaïde. Il fait vivre la Gascogne à Cincinnati, et Polytechnique à Kaboul. Mais il se retirera le plus tôt possible à Barcelonnette ou à Brive — car s'il existe bien des pays pour gagner sa vie, la France est, tout compte fait, celui où on la dépense le mieux.

**

Pays du miracle, des hommes-miracle, des robes-miracle, Royaume de la Nuance et des Impondérables, je vais te quitter....

Tout à l'heure, je m'envolerai vers le Bengale afin de répondre à la cordiale invitation de mon vieil ami le colonel Basil Cranborne qui, avant de rejoindre son nouveau poste à Singapour, m'a prié à sa dernière chasse au tigre. Aujourd'hui, pourtant, je ne pars plus comme naguère. Invisibles mais présents, cent visages m'escortent. Le colonel Cranborne et notre hôte le Maharajah de Bhagalpur ne pourront s'en apercevoir, bien sûr, mais, tandis qu'ils me parleront des carnassiers mangeurs d'hommes, le visage de Martine surgira sur la nappe, je penserai à Martine, je penserai à Paris. Et mon spleen ne sera pas seulement sentimental.... Il y a plusieurs mois déjà, une nuit aux Indes, je me suis senti gagné par la nostalgie stomacale de la France : comme je dormais sous la tente dans la jungle torride de l'Assam balayée par la mousson, la mère Grenouillet m'est apparue en songe. « Qu'est-ce que vous fabriquez là, Major ? » Les mains sur les hanches, au bord d'une onde paisible qui ne connaissait ni la mousson ni le typhon, elle me demandait : « Que diriez-vous, Major, de *ma* truite à la crème ? »

J'ai su, cette nuit-là, que je n'étais plus le même homme.

C'en est fait maintenant : chez les Sikhs ou chez les Zoulous, à Rangoon ou à Zanzibar, je pense à la place Vendôme et à Azay-le-Rideau. Et quand je reviens des Indes ou du Kalahari, quand l'avion, après avoir survolé tant d'étendues de sable et de rocaille où la terre et le ciel semblent s'être déclaré la guerre, me rapproche de la bouclante *River* Seine, au-dessus de ce petit hexagone béni des dieux où tout est fait pour l'homme à l'échelle de l'homme, pour le plus grand plaisir de sa rétine, de son palais et de son cœur — je sais que je suis revenu au Pays du Miracle.

Un pays à nul autre pareil où les fermes, les églises, les manoirs sont si bien inscrits dans le paysage qu'ils semblent avoir été conçus en même temps que lui.

Un pays de 43 millions de planètes pensantes qui ont chacune leur petite idée de derrière la tête, et dont les citoyens tous différents et tous semblables parce qu'ils veulent être différents, ne cessent de se disputer pour conclure :

« Au fond, nous sommes bien d'accord.... »

Un pays où les gens ont tellement de personnalité qu'ils ne peuvent lire un bulletin météorologique à la radio sans s'identifier, joyeux, au beau fixe ou, dramatiques, à l'orage.

Terre étrange où, en une minute, je trouve quelqu'un pour me haïr et quelqu'un pour m'aimer, et où — miracle — je constate que c'est la même personne.

Charnelets et Taupins, Turlots et Pochets, tous animés du même souffle de fronde et de liberté, j'ai souvent médit de vous.

Il me reste maintenant à me faire pardonner....

J'ai dit que vous étiez sceptiques, méfiants, parcimonieux. Le miracle, c'est que vous êtes également enthousiastes, confiants, généreux.

Si demain vous deveniez disciplinés, exacts, silencieux, un grand malheur se serait abattu sur le monde. Car les défauts, chez vous, ne sont que l'envers de vos qualités. Votre nation de xénophobes est le refuge des étrangers ; vous ne résistez pas à la fraude et vous élevez vos enfants dans le culte du droit chemin ; votre peuple de petits bourgeois est celui des grands seigneurs ; vous êtes les gens les plus inhospitaliers de l'univers et votre pays est le plus accueillant du globe. S'il est vrai que le plaisir naît des contrastes, vous êtes le plus plaisant peuple de la terre. Et s'il est exact que les cerveaux sont comme les parachutes (pour fonctionner, disait Lord Dewar, il faut qu'ils soient ouverts), vous êtes les premiers parachutistes du monde.

Pardonnez-moi.... Pardonnez ma hardiesse. Quand, jetant un coup d'œil en arrière, je relis ces carnets d'un explorateur parti à la découverte de la France et des Français, je suis effrayé de mon audace. Je rentrerais sous l'Angleterre.... De quel droit, Anglais, ai-je inventorié vos travers ? Du misérable droit des hommes qui se croient qualifiés pour parler de la vie sur terre alors qu'ils meurent enfants sans même avoir vécu cent ans ? Peut-être, simplement, du droit que m'enseigna Bernard Shaw : le meilleur moyen de se familiariser avec un sujet, c'est de lui consacrer un livre....

*
* *

Il me reste encore à me faire pardonner de ma Reine....

En bonne gouvernante anglaise, Miss ffyfth apprend aux petits enfants du Bois de Boulogne qu'ils ont beaucoup de chance d'être Français : ils habitent le seul pays du monde qui ne soit séparé de l'Angleterre que par trente kilomètres.

Que ma Souveraine me pardonne si j'en suis venu à retourner cet axiome : un des privilèges de l'Anglais, c'est de n'avoir que le Channel à traverser pour être en France. Puisse Sa Gracieuse Majesté ne pas me tenir rigueur si j'ai choisi de vivre en France : n'était-ce pas, pour ma modeste part, la meilleure façon de célébrer l'Entente Cordiale ?

Hélas !... Il y a plus, *your Majesty*, il y a de terribles choses. Dans les rues de Paris, maintenant, je flâne. Qu'une auto rencontre une autre auto (Dieu sait si cela est fréquent !) — me voici devenu badaud.... Et puis... oserai-je le dire ?... il passe, au printemps surtout, de si charmantes silhouettes dans les rues de Paris que... oui... je me surprends à me retourner. Quarante années durant, j'ai vu. Aujourd'hui, je regarde. Ce n'est pas tout : l'autre jour, oubliant toute retenue, je me suis laissé aller à demander à M. Taupin ce qu'était ce bouton qu'il avait sur le nez. Et quand je l'ai quitté je lui ai dit : « Allez, au revoir, allez !... » Enfin il y a, *my Queen*, ces déplorables envies d'escargots qui me prennent soudain à Gibraltar ou à Bombay. Et ce chambolle-musigny que le père Rougetrogne tire de sa cave lorsque je vais à Avallon et qui fait si bien ressortir la ligne bleue de mes temporales sur le fond cramoisi de mes joues que le patron appelle son fils : « Fiston... viens voir le major Thompson faire le drapeau britannique !... » *Good heavens, how disgraceful, your Majesty!* Je suis damné : le Seigneur me punira un jour en me faisant éclater sur les bords du Cousin ou de la Midouze....

En attendant, j'en fais l'aveu : collines de Bourgogne, lointains bleutés de l'Ile-de-France, quais de Paris, provinces de Saint-Sulpice et de Saint-Louis-en-l'Ile, je suis votre docile esclave. France des bons gîtes et des bonnes tables, combien de fois déjà ai-je déplié ta carte aux noms pleins de promesses : Brocéliande, Vézelay, Brantôme, Loctudy, et tous ces La Ferté anonymes mais bien à eux avec leurs demoiselles jasant derrière les rideaux et leurs accortes nymphes qui semblent nées pour faire jaser les demoiselles.... France, qui se laisse boire au long des jours comme ses crus et tend sa coupe au monde (en consignant le verre), j'aime tes mots, j'aime ton ciel et ta lumière. J'aime tes fronts têtus, et cette façon que tu as de dire à la Metro Goldwyn Mayer et à Arthur Rank Esq., quand je demande à notre vieille Florine pourquoi elle ne va jamais au cinéma : « J'irai quand ce sera au point. »

J'aime tout en toi et toi en tout.

F comme folie, *r* comme raison, *a* comme amour, *n* comme nounou, *c* comme chauvin, *e* comme Ernest,... j'aime la France.

TABLE DES MATIÈRES

	MAY I INTRODUCE MYSELF ?	9
I.	— QU'EST-CE QU'UN FRANÇAIS ?	17
II.	— GENTIL PAYS DE LA MÉFIANCE... ET DE LA CRÉDULITÉ	29
III.	— LE ROYAUME DE LA SUBDIVISION..	47
IV.	— LE PAYS DU SHAKE-HAND	59
V.	— POLIS OU GALANTS ?	71
VI.	— LE CAS DU COMTE RENAUD DE LA CHASSELIÈRE	87
VII.	— LES LOIS DE L'HOSPITALITÉ ET DE LA GASTRONOMIE	97
VIII.	— MARTINE ET URSULA	111
IX.	— CE CHER ENNEMI HÉRÉDITAIRE.	139
X.	— LE FRANÇAIS TEL QU'ON LE PARLE.	155
XI.	— QUAND LE FRANÇAIS VOYAGE....	169
XII.	— 40 MILLIONS DE SPORTIFS.........	181
XIII.	— LA FRANCE AU VOLANT	199
XIV.	— LES BEAUX DIMANCHES	211
XV.	— LES DIABOLIQUES INVENTIONS DES FRANÇAIS	221
XVI.	— LE PAYS DU MIRACLE	233

L'ÉDITION RELIÉE
DES « CARNETS DU MAJOR THOMPSON »
A ÉTÉ TIRÉE
SUR PAPIER ALFA
PAR
L'IMPRIMERIE CRÉTÉ
PARIS, CORBEIL-ESSONNES
A
DIX MILLE EXEMPLAIRES
NUMÉROTÉS DE I A 10 000.

N° 09657

Librairie Hachette, Paris, n° 5302. Dépôt légal, 4ᵉ trimestre 1956.
Imprimerie Crété Paris, Corbeil-Essonnes, 8259-10-1956.
Imprimé en France.

WARNER MEMORIAL LIBRARY
EASTERN COLLEGE
ST. DAVIDS, PA. 19087

Eastern College Library
St. Davids, PA

3 1405 001 79341 7

DATE DUE

Demco, Inc. 38-293